# Valores

## para a convivência

Valores para a Convivência

Texto e ilustrações: Esteve Pujol i Pons
Desenho e editoração: Inés Luz González
© 2002 Parramón Ediciones, S.A.

© 2010 desta edição:
Ciranda Cultural Editora e Distribuidora Ltda.
Tradução: Ivana de Arruda Leite

1ª Edição
2ª Impressão em 2014
www.cirandacultural.com.br

Todos os direitos reservados. Nenhuma parte desta publicação pode ser reproduzida, arquivada em sistema de busca ou transmitida por qualquer meio, seja ele eletrônico, fotocópia, gravação ou outros, sem prévia autorização do detentor dos direitos, e não pode circular encadernada ou encapada de maneira distinta àquela em que foi publicada, ou sem que as mesmas condições sejam impostas aos compradores subsequentes.

# Valores

## para a convivência

Ciranda Cultural

# Sumário

Introdução — 6
Respeito — 13
Paciência — 21
Persistência — 31
Prudência — 39
Civilidade — 49
Responsabilidade — 63
Ordem — 71
Sinceridade — 79
Confiança — 87
Diálogo — 95
Tolerância — 105

| | |
|---|---|
| Criatividade | 113 |
| Cooperação | 121 |
| Compaixão | 129 |
| Generosidade | 137 |
| Amizade | 147 |
| Liberdade | 155 |
| Justiça | 163 |
| Paz | 171 |
| Alegria | 179 |
| Árvore geral de valores | 188 |
| Glossário de personagens citados | 190 |

# Introdução

## Os valores

## Os valores na convivência

O ser humano é social por natureza e necessita dos demais desde o seu nascimento até o fim da vida. Os seres sociais não são completos se lhes falta a relação com os outros; sua dimensão grupal é básica para desenvolver-se completamente.

Na verdade, é impossível educar um ser humano fora deste âmbito, e, por este motivo, toda educação tem por finalidade criar hábitos que tornem possível viver em sociedade, aumentar seus benefícios, reduzir seus inconvenientes e colaborar com o progresso coletivo, para que todos nós possamos tirar o máximo proveito.

A maioria dos valores está diretamente relacionada com a convivência. Dificilmente alguém pode duvidar de que desenvolver em nossos filhos o respeito às pessoas e às coisas, ensinar-lhes a dialogar corretamente ou a cooperar com os demais não resultará em proveito de uma vida mais pacífica, de maior satisfação e bem-estar para a sociedade.

## A educação de valores começa em casa

Ainda que nestas últimas décadas tenha virado moda falar da educação de valores, o conceito é tão antigo quanto a própria educação. Nós, seres humanos, não podemos educar se não for por meio de valores, que não é outra coisa que mostrar aos nossos filhos o que, na nossa opinião, é "bom" e o que é "ruim", o que "vale" e o que "não vale".

Sem entrar na questão básica da ética – por que algo é bom ou é ruim –, podemos afirmar que, como educadores, o que queremos transmitir aos nossos filhos é que "isto o fará feliz e aquilo o fará infeliz". No fundo, só o que desejamos é que sejam felizes e, por isso, procuramos incliná-los para o que nos fez felizes, para o que acreditamos que, se o tivéssemos feito, teria nos feito felizes.

A transmissão dos valores deve começar desde muito cedo, e esse é o papel fundamental que exercemos como pais. Se somos educadores de verdade, convidaremos nossos filhos à felicidade respeitando sempre a sua liberdade.

## As escalas de valores

Cada pessoa, família, grupo social, político ou religioso, estabelece a sua escala de valores. Para uns, a honra é mais importante que a vida; para outros, a ordem o é mais que a estética, ou a criatividade artística prevalece sobre a convivência familiar. E é real e compreensível que prevaleça a vida sobre a carteira quando sofremos um assalto.

Ter uma escala de valores significa que estamos dispostos a sacrificar um valor que julgamos inferior para que outro superior se conserve. Que um prevaleça sobre outro é fruto da educação, do ambiente, da história, e até mesmo das circunstâncias do momento.

Múltiplos fatores influem na apreciação ou na depreciação dos valores individuais. Podemos admitir que todos estamos de acordo em que o bem é melhor do que o mal (quem se atreveria a dizer o contrário?), mas, ao procurarmos estabelecer no que consiste o bem e no que consiste o mal, veremos a consideração de cada pessoa ou de cada grupo.

É necessário deixar duas ideias muito claras: a primeira, que não podemos impor aos demais a nossa escala de valores; e, a segunda, que necessitamos promovê-los em conjunto para que nossos filhos recebam uma educação equilibrada, sem hipertrofias que deformariam sua atitude positiva ante a sociedade. Apesar da conexão interna dos valores, alguns deles podem polarizar-se a ponto de perturbar a harmonia do conjunto. Do mesmo modo que seria nocivo para a saúde abusar (dissemos abusar) de um tipo de alimento ou de esporte, ou de exercício, também seria prejudicial privilegiarmos um único valor em detrimento do conjunto, especialmente durante a formação da personalidade.

# Sobre este livro

## A quem se dirige?

*Valores para a convivência* quer ser um auxílio para todos os pais que se deparam com a difícil tarefa de educar seus filhos.

Também será útil para todas as pessoas que, nos ambientes familiar e escolar, são e se sentem educadores de crianças nas idades compreendidas entre os 6 e os 12 anos.

Assim, quando no texto falamos em educadores, estamos nos referindo em primeiro lugar aos pais e, por extensão, a todo educador.

## Como e quando utilizá-lo?

A liberdade e a iniciativa de cada família serão o melhor método para utilizar o material que aqui está sendo oferecido. O fato de seguir uma ordem lógica na apresentação dos valores não pressupõe que, ao utilizar o livro, esta ordem deva ser seguida. Pode-se começar e continuar, pular ou deter-se nos valores que pareçam mais importantes. Pode-se mesclar, escolher material de diversos valores, pôr em prática determinadas atividades, sempre segundo a oportunidade e a necessidade.

Ninguém pode conhecer melhor que os pais os produtos mais adequados e as doses necessárias para a formação integral de seus filhos. Podemos buscar assessoria, consultar especialistas em educação, pedir conselhos a pedagogos e psicólogos, mas seremos nós quem decidirá em última instância os objetivos e os métodos educativos em nossa casa. É uma responsabilidade enorme, mas é nossa responsabilidade.

Todos nós temos a oportunidade de pôr nosso filho no colo e contar-lhe uma história de vez em quando; aproveitar o momento privilegiado de deitar com nossos pequenos na cama para repetir-lhes 100 vezes a mesma fábula e fazer comentários discretos, porém essenciais, que irão formar seu espírito. Basta, ao seu lado, assistirmos aos programas de televisão ou a um filme, fazermos uma reflexão simples com o objetivo de ressaltar um determinado valor.

Com o tempo, bastará uma alusão à história ou ao filme que já conhecem, ou à atividade que já realizaram, para recobrar a força educativa da qual já estão impregnados. Podemos evocar seu conteúdo com uma simples frase ou uma pergunta bem dirigida: "Você não acha que aconteceu com eles tal e qual a história da cigarra e da formiga?".

Em qualquer caso, as atividades aqui propostas poderão estimular a nossa criatividade e dar lugar a outras parecidas ou simplesmente inspiradas nelas. A criatividade... também é um valor fundamental para os educadores.

## Por que estes 20 valores e não outros?

O motivo pelo qual selecionamos neste livro certos valores e não outros é resultado de um trabalho que realizamos durante seis anos entre profissionais da educação de diferentes centros escolares, níveis educativos e ambientes sociais. A prioridade que quase 800 profissionais estabeleceram nos deu a melhor pauta para escolher os valores a que devíamos prestar atenção especial nesta obra.

Devemos admitir que qualquer seleção é sempre arriscada, principalmente quando incide sobre algo tão transcendental como a educação das crianças de nossa família e, por consequência, da sociedade. Escolher é renunciar, e renunciar é sempre uma atitude comprometida.

De todo modo, os valores humanos são entrelaçados entre si e fica difícil, se não impossível, distinguir onde termina um e começa o outro. Dito de outra maneira, não é fácil discernir se estamos educando para o diálogo para a paz ou para a justiça. É possível paz sem diálogo? Poderia existir paz à margem da justiça? A urbanidade não é um aspecto do respeito? A generosidade e a compaixão não seriam impossíveis sem a paciência? A criatividade e a confiança não estão na base da alegria? É concebível a amizade sem a sinceridade, ou a responsabilidade sem a prudência?

Contudo, sempre podemos trabalhar determinados matizes, centrando-nos mais em um valor do que em outro. A constância possui elementos que depois poderemos aplicar aos demais valores; assim seremos constantes na amizade, na paz ou na tolerância, ou no valor que desejarmos. Para sorte dos educadores e dos educandos, se crescemos em um valor, crescemos nos demais, pois é a pessoa como um todo que se torna melhor. Não podemos ser mais tolerantes sem sermos, ao mesmo tempo, mais generosos, mais compassivos, mais abertos ao diálogo, mais respeitosos, enfim... melhores.

## Como se estrutura o livro?

A ordem na apresentação dos valores foi estabelecida segundo os ramos da "árvore dos valores" que apresentamos a seguir.

• Do tronco comum do respeito, valor que sempre ocupa um destacado primeiro lugar no nosso estudo citado, brotam diferentes ramos até chegarmos à convivência pacífica.

• Há três valores – paciência, persistência e prudência – que impregnam de equilíbrio, de consistência e de moderação todos os demais; sua ausência malograria qualquer valor e o converteria em uma caricatura. São como "valores adjetivos" para os demais.

• Um ramo formal, sólido, é a linha em que o respeito veste a roupagem social da civilidade, que amadurece na responsabilidade pessoalmente assumida e, por meio da ordem protetora, desemboca na convivência pacífica.

• Outro ramo, de manifestações mais exuberantes, é aquele que, com a condição da sinceridade, caminho seguro para a confiança em si mesmo e nos outros,

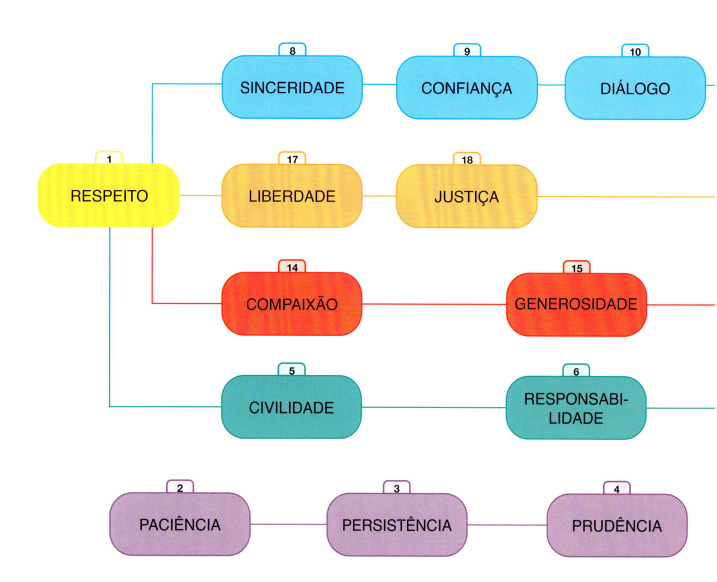

possibilita o diálogo; este produz a tolerância enriquecedora e a criatividade inovadora. Com esses dois valores, geradores de cooperação eficaz, chega-se a uma paz construtiva.

• A seguir vem um ramo calidamente humano, que passa da compaixão dos sentimentos compartilhados para a generosidade, que pode conduzir à amizade, excelente plataforma para a convivência pacífica mais profundamente humana.

• O ramo axial dos valores que, de algum modo, sustentam todos os demais corresponde à liberdade, sempre condicionada e atenta às exigências da justiça.

• Finalmente, todos os ramos convergem para a convivência pacífica, que faz brotar o fruto da alegria.

Como uma árvore de Natal, poderíamos envolvê-la em uma cintilante fita prateada: "Trate os outros como quer que os outros tratem você".

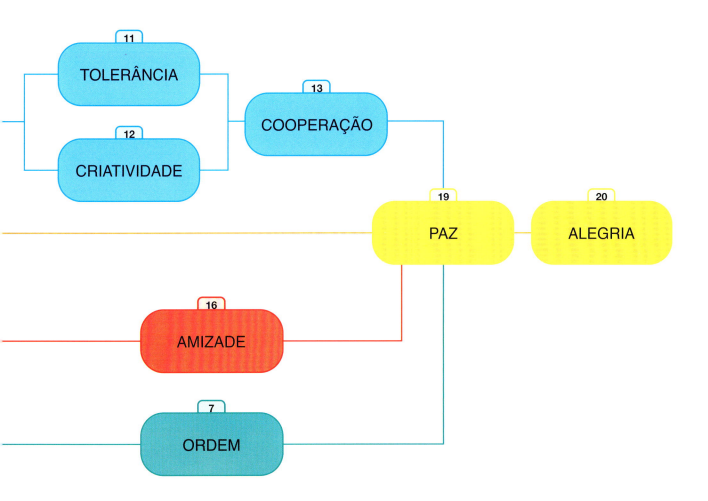

• Os 20 valores para a convivência

## Conteúdo de cada valor

Esclarecida a finalidade desta obra, em cada valor poderemos encontrar:

• Uma parte teórica suficiente para esclarecer as ideias básicas a respeito de cada valor. Trata-se de conceitos ou de definições, dirigidos aos educadores, para que eles possam enfocar a ação educativa de cada dia da forma mais correta possível.

• Textos literários que ilustram as características de cada valor. Podem ser fábulas, diálogos simples ou contos, que levam uma mensagem rudimentar, mas muito eficaz. Para este livro, reelaboramos alguns contos clássicos ou fábulas, criamos novas maneiras de narrar que ajudarão nossos pequenos a entender melhor a mensagem que queremos transmitir.

• Uma olhada nos antivalores, que nos certificará dos limites de cada valor e dos falsos conceitos que poderiam mascarar seu sentido autêntico.

• Uma seleção de frases de grandes pensadores, que nos dará a possibilidade de ensinar aos nossos filhos proposições que conseguem condensar em poucas palavras o pensamento acumulado e amadurecido ao longo dos séculos. Frequentemente estas frases célebres precisam ser explicadas; os mais velhos devem traduzi-las às situações da vida real com toda a riqueza de matizes que lhes faltam.

## Para além da obra

Repetidas vezes fizemos alusão à conduta dos pais como elemento capital na educação. De pouco servirão as ideias teóricas claras, os arsenais de jogos e de contos, as frases com palavras brilhantes se não estivermos convencidos de que o fator imprescindível e básico é o testemunho dos mais velhos da casa.

Não se trata de ficar dando lições ou passando sermões nos nossos filhos; isso poderia inclusive ser contraproducente. E certamente o será, se o que veem em casa não se encontra na linha educativa do que lhes ensinamos por palavras. A reflexão oral deve ser aquilo que esclarece o porquê de muitas atuações silenciosas; a reflexão oral dissipa a ambiguidade dos valores praticados, mas não pode substituí-los.

Nossos filhos são a soma de muitas parcelas; algumas delas estão em nossas mãos, mas a maioria não está. Os educadores devem ter consciência disso. A única coisa que podemos fazer é potencializar ao máximo nossa influência com o que, tradicionalmente, chamamos de "bom exemplo". O resultado final, gostemos ou não, ficará ao arbítrio da sua liberdade. Nós, educadores, temos a responsabilidade, ante nossos educandos e ante a sociedade, de levarmos adiante a educação, mas não podemos ser responsáveis pelos resultados obtidos. Não podemos esquecer que estamos educando seres livres, seres que deverão fazer sua própria síntese a partir dos elementos que lhes oferecemos ao longo de muitos anos. Nós responderemos pela nossa influência; eles responderão por seus atos.

**Esteve Pujol i Pons**

Licenciado em Filosofia e Magistério. Colaborador na Formação Permanente do Professorado do ICE em várias universidades da Catalunha (Espanha).

# Respeito

## O que quer dizer respeito?

Às vezes, as palavras mais simples são as mais difíceis de definir; são tão claras, usamo-nas tanto, entendemo-nas tão bem, que fica muito complicado resumir seu conteúdo em termos concisos.

Em vez de buscar uma definição no dicionário, vamos por outro caminho: a palavra "respeito" procede de uma palavra latina que significa "olhar ao redor". Isso pode nos trazer muita luz sobre o que significa respeito e respeitar. Pode-se afirmar que o que respeita olha ao seu redor e o que não respeita não olha? Exatamente.

*Respeitar é agir sabendo que não estou sozinho.*

## Como explicamos aos nossos filhos?

**O** mais claro é fazê-lo com imagens. É fácil mostrar a diferença entre: a) estar no cume de uma montanha, isolado do mundo, contemplando ao longe pequenas aldeias; e b) estar em um vagão de trem, cheio de passageiros que leem, conversam e observam tranquilamente a paisagem.

Pois bem, se no cume deserto da montanha eu ligo meu rádio ou meu aparelho de CD na potência máxima, não vou faltar ao respeito com ninguém; se, pelo contrário, no meio do vagão do trem, eu faço o mesmo, observarei o enfado de muitos passageiros e, possivelmente, alguns deles chamarão minha atenção por não estar respeitando os demais.

Por que essa diferença? Porque, se lá de cima "olhamos ao redor", não vemos ninguém; ao passo que se olhamos ao redor na outra situação, vemos. Essa é a diferença.

Quem sabe olhar ao redor e ver que há pessoas como ele, que não está sozinho, saberá o que significa respeitar. Pelo contrário, quem age sem observar se há alguém ao redor (ou sem levá-lo em consideração), e se comporta como se estivesse sozinho, seguramente não respeitará os demais.

*É certo que a criança deve respeitar; e também que a ela se deve um enorme respeito.*

## Quando devemos começar a ensinar-lhes a respeitar?

**A** partir do momento em que houver alguém ao seu redor, ou seja, desde o princípio.

— É que nosso filhinho ainda não entende nada; ele é muito pequeno.

Os pais (os educadores, em geral) sabem que os filhos nem sempre entendem o que dizemos; o importante é que desde pequenos eles nos ouçam, para inculcar-lhes lentamente o hábito da reflexão e da conduta que os modelará para toda a vida: a isso chamamos educar. E, cuidado! Com isso não usurparemos sua liberdade. Se os educarmos corretamente, os ensinaremos a ser livres, a seguir a sua consciência, a modificar os hábitos que lhes pareçam incorretos, a ter senso crítico.

A educação, se correta, fará de nossos filhos pessoas livres; uma educação que não construa seres livres não é uma boa educação, apesar do evidente risco que comporta uma educação na liberdade.

*Respeitamos sua intimidade; respeitamos seus gostos; ensinamos a respeitar os nossos.*

### FRASES CÉLEBRES

– Não nascemos somente para nós mesmos. (Cícero, filósofo romano)

– O homem é algo sagrado para o homem. (Sêneca, filósofo latino)

– Não faças aos outros o que não queres que te façam. (Vários autores)

– Somos membros de um grande corpo. (Sêneca, filósofo latino)

# O prato de madeira

*Pobre avô! Havia passado a vida trabalhando de sol a sol com as suas mãos; a fadiga nunca havia vencido sua vontade de levar o dinheiro para casa a fim de que houvesse comida na mesa e bem-estar na família. Mas tanto trabalho, por tanto tempo, custara-lhe um doloroso tributo: as mãos do ancião tremiam como folhas no vento de outono. Apesar de todo o seu esforço, frequentemente os objetos caíam de suas mãos e viravam cacos no chão.*

*Durante as refeições, não acertava levar a colher à boca e o seu conteúdo se derramava sobre a toalha. Para evitar tal constrangimento, procurava aproximar o prato, que terminava em cacos no chão da cozinha. E isto repetia-se todos os dias.*

*Seu genro, muito incomodado com os tremores, tomou uma decisão que contrariou toda a família: a partir daquele dia, o avô passaria a comer longe da mesa familiar e usaria um prato de madeira; assim não mancharia as toalhas nem quebraria as vasilhas.*

*O avô movia suavemente a cabeça com resignação, e, de vez em quando, enxugava lágrimas que rolavam pela face; era muito duro aceitar aquela humilhação.*

*Passaram-se algumas semanas e, certa tarde, quando o genro voltou para casa, encontrou o filho de nove anos envolvido em uma misteriosa tarefa: o garoto entalhava um pedaço de madeira com uma colher de cozinha. O pai, cheio de curiosidade, disse-lhe:*

*— O que você está fazendo, com tanta seriedade? É algum trabalho manual que mandaram fazer na escola?*

*— Não, papai — respondeu o menino.*

*— Então, do que se trata? Você pode me explicar?*

*— Claro que sim, papai. Estou fazendo um prato de madeira para quando você ficar velho e suas mãos tremerem.*

*Foi assim que o homem aprendeu a lição e, desde então, o ancião voltou a sentar-se à mesa com toda a família.*

*Devemos estar plenamente convencidos de que educamos 90% pelo que fazemos e 10% pelo que dizemos.*

## A falta de respeito

**A**o tentar pôr em prática o respeito, é possível cair em dois extremos, ou seja, pode-se malograr o respeito por falta ou por excesso.

No primeiro caso: por atrevimento ou descaso, por descortesia ou falta de atenção e respeito, ou por meter-se em algo inoportunamente.

No segundo caso: por medo de que aconteça algo indesejável, por desconfiar ou suspeitar de algo não desejado, por superestimar a opinião dos outros, fazendo com que ela valha mais do que as normas da moral.

| FALTA DE RESPEITO | EXCESSO DE RESPEITO |
|---|---|
| Descortesia. | Medo. |
| Insolência. | Receio. |
| Grosseria. | Respeito que deriva |
| Intromissão. | de cumplicidade por temor. |

*Os exemplos dos vícios corrompem mais rapidamente quando vistos dentro de casa.*

**D**entro de casa criamos, ou, quem sabe, toleramos, condutas de verdadeira falta de respeito, ao favorecer situações entre os membros da família, especialmente entre pais e filhos, que podem ser consideradas falta de respeito, e que muitas vezes nos passam despercebidas. Somente ao refletir nos damos conta de que estamos cultivando a falta de respeito ao praticar:

• **A injustiça.** Quando não damos a cada um o que lhe é devido, às vezes sob a falsa desculpa de "não fazer diferenças".

• **O silêncio.** Quando não expressamos nossos pensamentos em circunstâncias em que deveríamos fazê-lo.

• **A desigualdade.** Quando alguém se arroga mais direitos que aos demais, sem fundamento objetivo. Ou quando alguém assume ou vive sua inferioridade, sem demonstrar que ela não é verdadeira.

• **A falta de solidariedade.** Quando não queremos compartilhar ideias, responsabilidades, bens, tempo, preocupações, alegrias...

Sem dúvida, o fundamental é a primeira ideia: devemos olhar sempre ao nosso redor! E, para isso, temos que ensinar nossos filhos a olhar os que estão ao seu redor para que "vivam" — não só que saibam — que não estão sozinhos.

# Atividades

ATÉ 7 ANOS

### ABRA OS OLHOS

Enquanto passeamos pela rua, pedimos à criança que observe as janelas que vê e que imagine as pessoas que vivem naquelas casas. Devemos ajudá-la a imaginar pessoas velhas ou que estão doentes e precisam descansar, que talvez não tenham podido conciliar o sono ou que só conseguiram dormir com muita dificuldade há pouco tempo.

É possível que o motorista com o escapamento aberto, ou o fanfarrão que fala aos berros, olhe as janelas e pense no que estamos pensando agora? Fariam o mesmo barulho que fazem?

**SUGESTÕES**

Esta atividade adquire um realismo especial se fizermos esta reflexão quando passarmos ao lado de um hospital, de uma residência para pessoas idosas, de um centro assistencial, etc.

Também podemos aproveitar a ocasião em que a criança tem algum avô ou algum parente que se encontra em uma situação parecida.

### POSSO, FILHO?

Os mais velhos da família deverão pedir permissão ao filho para entrar em seu quarto ou no banheiro quando ele estiver de porta fechada.

Uma simples batidinha na porta e um suave "Posso, José?" ou "Posso entrar, Ana?" serão uma evidente mostra de respeito à intimidade dos pequenos da casa, que deve ser sagrada para todos.

**RECIPROCIDADE CONSEQUENTE**

Sem pretender implantar formalismos sufocantes dentro de casa (isso jamais!), devemos esperar que nossos filhos adquiram esse mesmo costume antes de entrar no quarto dos mais velhos. Não se trata de uma exigência, mas de que nosso exemplo o leve a fazer o mesmo.

## ATÉ 12 ANOS

### ASSISTIMOS À TELEVISÃO... COM RESPEITO

Assistir a programas, filmes, concursos, debates... pela televisão junto com nossos filhos nos oferece inúmeras oportunidades de "salpicar" comentários com intenção educativa em relação ao respeito ou à falta dele.

Os personagens, as cenas, as atitudes, as intervenções do público, o tom do apresentador, ou qualquer outra coisa, dar-nos-ão a chance de elaborarmos reflexões interessantes.

#### ATENÇÃO!

Não devemos ser inoportunos com nossos comentários, se não queremos obter efeito contrário. Uma exclamação ou uma frase breve podem ser mais efetivas que uma "grande" reflexão que os faça perder o fio da meada do que estão vendo. Quando terminar, podemos começar uma conversa mais profunda.

---

### RESPEITAMOS A SUA INTIMIDADE

Nesta fase nossos filhos tendem a guardar zelosamente sua intimidade. Possivelmente escrevem notas pessoais em algum caderno, diário, ou cartas para seus amigos.

É importante que mostremos respeito à sua intimidade: seus segredos são "seus segredos" e não devemos nos intrometer neles.

Também temos que entender que, nesta fase, as crianças já têm um gosto pessoal e que devemos respeitar seu critério estético ao decorar seu quarto, escolher sua roupa, etc.

#### SUGESTÕES PRÁTICAS

- Não ler seu diário pessoal sem ser convidado.
- Não ler sua correspondência.
- Não olhar suas anotações pessoais.
- Permitir-lhe que fale ao telefone privadamente.
- Fazer com que tenha seu próprio e-mail.

# Paciência

## O que quer dizer ter paciência?

Tem paciência quem sabe esperar com calma o que demora a chegar. Como é fácil falar e difícil praticar, e quanta paciência para ensiná-la!

Temos que saber que a paciência não é um valor das crianças, mas cuidado!, dissemos "das crianças", mas é um valor "para as crianças".

Entre 6 e 12 anos, não são realmente as idades mais propícias para uma atitude paciente, de espera reflexiva. De fato, quanto menores forem, menos capacidade para ter paciência: o bebê, por exemplo, não tem paciência alguma; quando tem fome, chora, e para de chorar quando pega o peito da mãe. E assim em todas as suas necessidades.

Só o tempo e uma boa educação os ensinam a ter paciência.

*A paciência é a espera reflexiva e cheia de esperança.*

## Ser paciente é aguardar e esperar ao mesmo tempo

**P**ara que nossos filhos tenham paciência, eles devem saber aguardar e esperar (ter esperança); ambas as atitudes são imprescindíveis para ser paciente.

Aguardar é deixar passar tempo suficiente para que chegue algo que desejamos. Assim, dizemos que "aguardamos o trem das nove horas" ou "aguardamos que chegue de novo a nossa vez". Se passar mais tempo do que o previsto, impacientamo-nos. De fato, a paciência tem esse tom de resignação racional ante o inevitável.

As crianças ainda não têm esse tipo de paciência muito desenvolvida. Impacientam-se, protestam, irritam-se porque ainda não... Por isso é muito importante ensiná-las a aguardar.

*Se não sabemos aguardar, não podemos viver; mas o que nos faz viver é a esperança.*

Todavia, é impossível que saibamos aguardar se não temos esperança, se não sabemos esperar. De fato, não valeria a pena ter paciência se não vislumbrássemos a mais remota possibilidade de que nossa esperança seria realizada cedo ou tarde.

Nosso filho deve saber esperar que terminemos nossa conversa ao telefone, porque deve ter segurança, dada por nós, que depois o atenderemos.

Mas se desconhece esse atendimento, a criança de hoje e o adulto de amanhã não saberão esperar e a impaciência os consumirá.

# Nossos filhos devem ser fortes para poderem ser pacientes

- A paciência não é própria dos fracos; os fracos se irritam.

- A paciência não é própria dos covardes; os covardes se atemorizam.

- A paciência não é própria dos passivos; os passivos não fazem nada.

- A paciência não é própria dos inúteis; os inúteis não são capazes de ter paciência.

- A paciência não é própria dos indiferentes; os indiferentes não esperam nada.

- A paciência não é própria dos orgulhosos; os orgulhosos acham que esperar é rebaixar-se.

- A paciência não é própria dos que não têm valor e ânimo para tolerar desgraças, ou para tentar coisas grandes (os pusilânimes), porque estes se acovardam, retraem-se e abandonam.

### FRASES CÉLEBRES

– Os pacientes vencem. (Máxima clássica)

– A paciência triunfa nos seus empreendimentos melhor do que a força; muitas coisas que não poderiam ser resolvidas de um só golpe, são conquistadas vencendo-as pouco a pouco. (Plutarco, escritor grego)

– Que desgraçados são os que não têm paciência! Quando se curou uma ferida em um instante? (William Shakespeare, dramaturgo inglês)

– A paciência é a mais heroica das virtudes, justamente porque não tem aparência heroica. (Giacomo Leopardi, escritor italiano)

– A paciência é a arte de esperar. (Friedrich Schleiermacher, teólogo alemão)

# A galinha dos ovos de ouro (Esopo)

Era uma vez um homem muito piedoso a quem os deuses premiaram com uma galinha que botava ovos de ouro.

Entretanto, o homem não foi bastante paciente para tirar proveito pouco a pouco, mas, imaginando que a galinha fosse toda de ouro por dentro, não pensou nem um instante e a matou. Mas não só se equivocou no que havia imaginado, como também perdeu os ovos: o interior da galinha era de carne.

Do mesmo modo, os ambiciosos e os impacientes, pelo desejo de obter rapidamente bens cada vez maiores, perdem inclusive os que já tinham nas mãos.

# A raposa de barriga inchada (Esopo)

Uma raposa faminta viu no oco de uma árvore uns pedaços de pão e carne que uns pastores haviam deixado ali. Entrou no buraco e os comeu. Mas depois, com a barriga inchada, não pôde sair e gemia queixando-se.

Outra raposa, que passava por ali, ouviu seus gemidos e, aproximando-se, perguntou o que havia acontecido.

Ao saber do problema, disse-lhe: — Pois agora tens que permanecer aí até que voltes a estar como estavas quando entrastes; só então poderás sair facilmente.

A resposta da segunda raposa nos indica que, em muitos casos, é preciso ter paciência e esperar para que nossos problemas se solucionem.

## Como podemos ensinar a ter paciência?

**N**osso filho deve aprender que nem todos os seus desejos podem ser realizados.

Para tanto, os pais (e os avós!) devem aprender a dizer "não". Esta é uma questão de equilíbrio educativo, já que não podemos errar nem por excesso nem por falta.

*A paciência é a força daqueles que sabem esperar.*

### SE DIZEMOS *NÃO* DEMAIS PARA NOSSO FILHO

- Ele se sentirá profundamente frustrado.
- Acreditará que não vale a pena pedir.
- Não confiará na boa vontade das pessoas.
- Perderá sua necessária autoestima.
- Duvidará de que o amamos.
- Sairá em busca de pessoas que lhes digam "sim".
- Será uma criança "desconfiada".

### SE DIZEMOS *NÃO* DE MENOS PARA NOSSO FILHO

- Acreditará ser onipotente.
- Não saberá encarar as frustrações da vida.
- Pode tornar-se um tirano caprichoso.
- Julgará que sua vontade não tem limites.
- Não viverá com os pés no chão; viverá em um falso "mundo feliz".
- Pensará que, quando dizemos não, não o amamos.
- Não saberá conviver em grupo.
- Será uma criança "mimada".

**T**odos os extremos são maus e, como na maioria das vezes, a virtude se encontra no meio. Os pais devem aplicar a "técnica do pescador": não devemos afrouxar demais a linha porque não pescaremos nada; nem esticá-la em demasia porque ela se romperá. Devemos esticar e soltar sucessivamente, com mãos de artista e senso de oportunidade, sempre atentos à reação do "peixe".

É muito perigoso ceder por princípio ante a impaciência infantil, uma vez que esta impaciência pode tomar o aspecto de conduta irada e irritação manifesta, exageradamente ostensiva.

Se a pescaria é uma arte e uma rara lição de sabedoria, muito mais ainda é saber dizer "não" ao nosso filho.

## Nosso filho nunca deve tirar partido da sua ira

**A**s crianças podem tirar proveito de sua ira por dois caminhos distintos:

• Porque os mais velhos cedem aos seus desejos, justificados ou não, quando começam a gritar e a espernear. Neste caso, a ira tem todas as características de uma chantagem: para não suportarmos sua raiva, acabamos cedendo e dando o que pedem.

• Porque nós entramos também na espiral da ira, ao menos sob a forma de nervosismo; muitas vezes conseguem nos levar a uma explosão (podemos chamar histérica?) mais intensa que a delas.

Nos dois casos, elas ganharam a "luta". No primeiro, por pontos, e no segundo, por nocaute.

Ante a violência, os educadores devem responder precisamente com paciência, ou seja, com uma espera calma, serena, pacífica (mas atenta), até que tenha passado a birra infantil.

Devemos ser os primeiros a contar até dez (ou até cem!) para conseguir dois objetivos fundamentais:

• Dar uma lição prática sobre a inutilidade do seu método.

• Dar uma lição prática de uma paciência de melhor qualidade.

## O nervosismo é uma ira menor

Quando os pais se põem a discutir com certa violência, ou experimentam uma contrariedade que os inquieta muito, a criança pequena, que ainda não entende as palavras que dizemos, começa a chorar desconsoladamente. Ela não entendeu as palavras, é certo, mas isso não faz a menor falta! Ela recebeu perfeitamente a mensagem inquietante, e expressou isso como sabe expressar: com a agitação triste do choro. É como se tivesse assimilado nosso estado de inquietude.

Por isso dizemos que o nervosismo dos pais atua como uma ira menor, que angustia as crianças da casa. Devemos exercitar a paciência para reduzi-la. Só com paciência podemos educar.

Todos sabemos que há pessoas com temperamento instável, que necessitam de agitação física e psíquica. São como uma peça teatral em que o cenário muda a todo instante. Dão a sensação de inquietude e desassossego. Necessitam de mudança constante para sentir-se bem. Se descansam muito, apesar de estarem esgotados, pensam que deixaram de viver esses momentos.

E esta instabilidade interior se manifesta no exterior. O movimento físico, o gesto nervoso, a fala com alterações no ritmo, etc., conseguem deixar nervosos os que estão por perto, incluindo os filhos.

"Ouça, é que eu sou assim", dirá o educador nervoso.
"Tudo bem, mas você deve se esforçar para 'não ser tão assim'". Se não conseguimos educar a nós mesmos, como vamos educar nossos filhos?

*A educação se baseia na certeza de que todos devemos mudar e melhorar.*

# Atividades

**ATÉ 7 ANOS**

### ESPERE UM POUCO

Um pacote fechado ou um presente embrulhado podem servir para que nosso filho controle um pouquinho a curiosidade de saber o que contém.

"Aguarde uns minutos; quando tiver terminado seu café da manhã, você poderá abrir o pacote. Eu lhe asseguro que logo o abriremos."

Se o resultado for positivo, devemos reconhecer e elogiar sua atitude madura, própria de quem sabe esperar e confiar.

Se o resultado for negativo, nossa reflexão deverá alertá-lo de suas atitudes impacientes que ele certamente recriminaria nos outros.

Podemos contar aos nossos filhos a seguinte história, ou pedir-lhes que narrem alguma experiência em que reconheçam que foram impacientes.

"Comemorávamos o aniversário de Laura, que havia convidado todos os seus colegas de classe para a festa, e chegamos pontualmente às cinco da tarde.

Ao entrar na casa, a mãe de Laura disse a todos que estavam no salão:

'Laura se comportou de forma impaciente, não soube esperar que vocês chegassem para começar a comer o bolo de aniversário. E também já abriu alguns presentes que vocês mandaram.'

Todos permanecemos calados por um momento, mas em seguida começamos a criticar a atitude da Laura, que não soube ter paciência.

Laura nos pediu desculpas e prometeu que nunca mais aconteceria nada igual ou parecido."

### REFLEXÃO

Os psicólogos demonstraram que aquelas crianças que desde muito pequenas souberam aguardar certo tempo em situações-limite, quando cresceram mostraram capacidade muito maior de êxito em suas relações familiares, sociais, de trabalho, etc.

## ESPERE A SUA VEZ

Em muitas ocasiões, seja dentro de casa, seja fora dela, temos necessidade de esperar a nossa vez (às vezes com grandes doses de paciência!). Nossos filhos também devem aprender a esperar a sua vez. Nossa atitude paciente e nossa reflexão oportuna serão uma lição sobre o sentido positivo da espera em diversas ocasiões:

- à mesa ou ao ar livre;
- nas conversas familiares;
- ao servir a comida na mesa;
- ao subir ou descer de um veículo público;
- nas filas das lojas, dos transportes...;
- nos consultórios médicos ou nos serviços sociais;
- nas situações criadas deliberadamente.

### REFLEXÃO

Nossos filhos podem nos acompanhar ao supermercado, à padaria ou a qualquer outro estabelecimento onde haja senha para ser atendido. Nessas ocasiões, podemos aproveitar para que peguem a senha, vigiem a nossa vez, vejam o proveito de saber aguardar, e como a espera resulta em benefício próprio e dos demais.

---

## CONTE ATÉ DEZ

Se nosso filho se irrita frequentemente e sabe contar até dez, podemos juntar as duas coisas.

Quando vemos que ele está prestes a ficar irado, ou impaciente, ou nervoso, podemos pedir com serenidade que conte até dez (no ritmo de um número por segundo) e que faça o gesto habitual para pedir calma a alguém com as mãos.

É possível (esperamos que não seja uma mera possibilidade) que diminua notavelmente seu arroubo de impaciência.

Nesse período (dos 6 aos 12 anos), talvez devamos considerar os arroubos de ira como raiva ou birra. Esses ataques de raiva, tão típicos de todas as crianças, são momentos de descontrole passageiro, com características similares às explosões de ira dos adultos.

Por esta razão, os pais devem fazer o possível para frear o quanto antes os impulsos de ira dos seus filhos.

**ATÉ 12 ANOS**

### REFLEXÃO

Sem dúvida alguma, em todos os campos de nossa experiência, ou de nossa vida, inclusive se acompanharmos o comportamento da humanidade ao longo de sua história, podemos assegurar que, se somamos ira à ira, grito ao grito, violência à violência, só conseguiremos o dobro da ira, o dobro do grito, e o dobro da violência.

### SEJAMOS PRECAVIDOS

*Nosso filho já tem idade suficiente para prever o que vai necessitar para suas atividades, diversões, jogos, tarefas escolares, excursões... Devemos conseguir que seja ele quem faça suas previsões com tempo e serenidade suficientes para evitar nervosismos.*

*Possivelmente será necessário que faça uma lista do que vai precisar para seu compromisso, que providencie o que falta, que vá marcando o que já tem...*

*Não só deve ter em conta os meios ou os materiais que vai utilizar, como também lhe será de grande ajuda prever o tempo que levará para fazê-lo e os possíveis imprevistos.*

*Finalmente, deve calcular as consequências do que prevê, tanto as negativas como as positivas, e saber que ações deve realizar para conduzir ou reconduzir essas consequências.*

*O quadro abaixo pode nos ajudar a fazer as previsões necessárias.*

## Meu filho, seja forte e saiba esperar.

| MEIOS | TEMPO | CONSEQUÊNCIAS |
|---|---|---|
| Do que necessitará? | Quando vai fazer isso? | O que pode acontecer ao terminar? |
| O que facilitará o seu trabalho? | De quanto tempo vai precisar? | O que pode acontecer se você não terminar? |
| Vai precisar da ajuda de alguém? | Podem surgir contratempos que retardem o tempo previsto? | Como reagir se a coisa não sair como você espera? |
| O que pode falhar? | | |

# Persistência

## A persistência ainda significa alguma coisa?

Nos últimos cinco anos, as mudanças sociais, científicas, técnicas... tornaram-se mais intensas do que as que se deram ao longo de cinco séculos. Estamos na cultura do "usar e jogar fora"; só a um tolo ocorreria mandar para o conserto uma caneta esferográfica que não escreve: joga-se fora e compra-se uma nova. A maioria dos objetos cotidianos é utilizada uma única vez. Por sorte, a cultura da reciclagem lhes dá uma posterior utilidade, ainda que em campos bem distantes aos do produto original.

Durante toda a história da humanidade, os filhos aprenderam com os pais: língua, mitos, costumes, conduta, cultura, técnica e profissão. Nos nossos dias, os pais aprendem com os filhos: língua, mitos, costumes, conduta, cultura, técnica, profissão e... as últimas novidades em informática, música e carros.

Estamos na cultura da mudança. Talvez devêssemos falar da constância da mudança!

# Apesar de tudo, admiramos a persistência

**A**inda que se trate de um valor de baixa cotação entre os jovens, devemos reconhecer que admiramos as pessoas que em sua vida demonstram grande tenacidade ou constância. Sabemos que as grandes figuras do pensamento, da ciência, das artes, da técnica, dos esportes... foram perseverantes em seus projetos e realizações: foram constantes.

A veleidade não sustenta grandes descobrimentos ou empresas duradouras. Houve grandes pesquisadores em todos os campos que tornaram possível um progresso humano de proveito universal graças à continuidade de seu trabalho.

Nossos filhos podem se sensibilizar com a fidelidade "obstinada" de seus ídolos esportivos para conseguir os recordes que os levaram ao pódio dos heróis. Compreendem facilmente a quantidade de horas de treinamento necessárias para conseguir e manter suas marcas históricas. Se praticam algum esporte ou tocam algum instrumento musical, sabem que é preciso tenacidade para chegar a triunfar ou, pelo menos, sair da mediocridade.

*Admiramos as pessoas que demonstraram grande tenacidade.*

## A persistência é fonte de possibilidades

**A**os nossos filhos pode parecer que a constância limita ou entorpece suas possibilidades, mas com nossa conduta e nosso diálogo devemos mostrar-lhes que é justamente o contrário: a constância aumenta as possibilidades, a criatividade, os recursos disponíveis, ou seja, abre o leque ao invés de fechá-lo.

Os exemplos se multiplicam e eles mesmos podem nos ajudar a encontrá-los:

• **No mundo do esporte.** O atleta, o ginasta, o nadador, o patinador ou qualquer outro esportista terá capacidade de superar os recordes estabelecidos, inventar novos estilos e chegar mais longe depois de anos de treinamento perseverante.

• **No mundo da arte.** O músico, o pintor ou o bailarino, com muitos anos de ofício, será capaz de criar e recriar uma infinidade de variações e novas ideias.

• **No mundo dos idiomas.** Anos de aprendizagem e prática fazem com que uma língua estrangeira chegue a parecer própria, e facilitam a aprendizagem de novos idiomas.

• **No mundo da técnica.** Quem for hábil em algum ofício (cozinheiros, encadernadores, eletricistas, ferreiros, carpinteiros...), tirará de sua experiência repetida e comprovada, com êxitos e fracassos, uma infinidade de possibilidades criativas, modificadas e adaptadas a cada situação.

### FRASES CÉLEBRES

– Água mole em pedra dura, tanto bate até que fura. (Provérbio clássico)

– É preciso semear mesmo depois de uma má colheita. (Sêneca, filósofo latino)

– É mais fácil fazer muitas coisas do que fazê-las por muito tempo. (Quintiliano, retórico romano)

– A vitória é do mais perseverante. (Napoleão I, imperador francês)

– A constância obtém as coisas difíceis em pouco tempo. (Benjamin Franklin, político norte-americano)

– A perseverança é a virtude pela qual todas as demais virtudes dão frutos. (Arturo Graf, escritor italiano)

# Os fanatismos

— Papai, você vive dizendo que eu devo ser constante; os fanáticos também são muito constantes, não são?

— Sim, filha, os fanáticos e os obsessivos são muito constantes, você tem razão.

— Então isso significa que a constância pode ser boa e má?

— Exatamente, como todas as coisas na vida. Da mesma maneira que o fogo é bom e mau, a água é boa e má, a energia atômica é boa e má, o álcool é bom e mau. Tudo depende do uso que fazemos. O mesmo ocorre com a tenacidade, a perseverança ou a persistência. Pode haver perseverantes no crime, no ódio, na mentira, na violência, na preguiça! E perseverantes na ajuda ao próximo, no amor, na investigação pacífica, no trabalho, na honradez, no otimismo...

— E como poderei distinguir um fanático, por exemplo, de um "bom perseverante"?

— A diferença não é simples. O bom e o mau dependem do que cada pessoa entende por isso. Teríamos de entrar no coração de cada pessoa para ver suas verdadeiras intenções. De todo modo, há pessoas que, independentemente de suas intenções, fazem mal aos outros e os tornam infelizes. A sociedade, ou seja, todas as pessoas com quem convivemos, deve procurar fazer com que esses "maus perseverantes" abram os olhos e contribuam para o bem de todos.

— Eu posso me tornar uma fanática?

— Infelizmente, sim. O que posso fazer é lhe dar três conselhos para que isso não aconteça. Em primeiro lugar, pergunte sempre: por que faço isso? Em segundo lugar, escute com atenção as críticas que lhe fazem. E em terceiro lugar, pense de verdade que você não é a única a ter razão.

— São como fórmulas mágicas?

— Nada de mágicas! Por acaso as vacinas são mágicas? Pois essas três perguntas são uma vacina contra o fanatismo. Eu lhe direi por que: os fanáticos nunca querem criticar o que fazem; tampouco escutam com prazer quem os critica, nem tiram proveito de suas observações; e, sobretudo, creem que todos os demais estão equivocados e que só eles possuem a verdade. Esta é a raiz do fanatismo, pode acreditar.

# Nem tudo é persistência, ainda que pareça

**A**o ouvir a palavra "persistência", muitos conceitos de características bem diferentes, mas estreitamente vinculados a ela, vêm à nossa mente e à mente de nossos filhos (não os esqueçamos!).

Para esquematizá-los, vamos agrupá-los em três categorias segundo estes critérios:

• **Palavras parecidas.** São palavras que nos trazem conceitos semelhantes à persistência. Algumas são praticamente sinônimas, outras conservam certos matizes interessantes que enriquecem a primeira ideia. Convém conhecê-las para aproveitar essa riqueza de significados.

• **Palavras opostas.** São palavras que podemos vincular à persistência de forma abusiva. São exageros ou deformações "patológicas" e imorais que, frequentemente, nossos filhos podem relacionar com a persistência. Devemos explicar-lhes que são conceitos condenáveis e que não podemos colocá-los na mesma cesta.

• **Palavras independentes.** Este grupo traz uma série de palavras positivas, altamente valorizadas em nossa cultura, e com razão. É possível que pareçam contraditórias à persistência, mas é uma contradição aparente. Podemos ser muito constantes e, ao mesmo tempo, muito criativos ou muito tolerantes, porque são valores perfeitamente compatíveis. Assim deve ocorrer em uma pessoa equilibrada e madura.

*A inconstância é uma forma de covardia ante os obstáculos.*

| PARECIDAS | OPOSTAS | INDEPENDENTES |
|---|---|---|
| Disciplina | Rigidez | Criatividade |
| Controle | Teimosia | Espontaneidade |
| Tenacidade | Fanatismo | Agilidade |
| Compromisso | Escravidão | Tolerância |
| Obrigação | Obsessão | Improvisação |
| Continuidade | Imobilismo | Efemeridade |
| Resistência | Dogmatismo | Liberdade |
| Perseverança | Fundamentalismo | Flexibilidade |
| Integridade | Rigor | Pluralismo |
| Fidelidade | Resignação | Relaxamento |

# Atividades

ATÉ 7 ANOS

## O QUE QUER DIZER?

*Diante de algum fato, próprio ou alheio, que revele uma atitude de persistência ou inconstância manifesta, podemos buscar com nossos filhos em um dicionário o significado das palavras, ou algumas delas que estão incluídas no quadro anterior, e comentá-las.*

*Podemos comprovar os matizes diferenciadores nas palavras da primeira coluna; o sentido totalmente exagerado ou "patológico" das palavras da segunda coluna, e a perfeita compatibilidade das palavras do terceiro grupo.*

## O GRAND CANYON DO COLORADO

*Podemos brincar de encontrar, dentro e fora de casa, objetos ou materiais resistentes por natureza, mas cujo uso, repetido e constante, deixou neles vestígios do tempo. Talvez tenham sido muito modificados ou adquiriram formas estranhas com o passar do tempo. Procure fotos antigas na Internet ou em livros, do Grand Canyon do Colorado, ou qualquer vale escavado por um rio, ou as formas caprichosas de determinados conjuntos rochosos modelados pelo vento ou pela água, ou uma estalactite e uma estalagmite!*

*Também podemos observar elementos mais próximos de nós, como os degraus de uma escada, os sulcos no calçamento de uma rua, uma chave ou ferramenta, um telhado deformado pelo uso, etc.*

### REFLEXÃO

Algumas práticas simples podem dar aos nossos filhos uma ideia sobre os efeitos da repetição constante. Ao derramarmos água sobre a areia, vemos imediatamente o efeito da erosão, mas se a água cai sobre uma pedra dura, o efeito é totalmente imperceptível. Só depois de muitos anos será possível apreciar o efeito erosivo (comprova-se isso em fontes de mármore que foram corroídas por um pequeno filete de água).

ATÉ **12** ANOS

**A flexibilidade das formas torna possível a constância do fundo.**

GENTE PERSEVERANTE

*Podemos buscar com nosso filho, em uma enciclopédia, a biografia de personagens históricos que dedicaram suas vidas a um projeto para o bem da humanidade.*

*Alguns exemplos possíveis são Barnard, Sócrates, Marx, Freud, Pitágoras, Casals, Koch, Newton, Arquimedes, Colombo, Platão, Marconi, Da Vinci, Bell, Madame Curie, Fleming, Mozart, Pasteur, Galileu, Copérnico, Ramón e Cajal, Franklin, e uma longa lista de Prêmios Nobel de Física, de Química, de Medicina, etc.*

SUGESTÕES

• Será muito relevante constatar as dificuldades que muitos desses personagens (todos?) encontraram para realizar seus projetos e os momentos de desânimo que tiveram.

• É possível mostrar-lhes que pessoas próximas à sua experiência cotidiana (familiares, vizinhos, colegas da escola...) também se destacam pela capacidade de ser constantes e conseguir alcançar objetivos difíceis.

# Prudência

## O que é a prudência?

A prudência é o sentido prático como método, ou seja, é o modo de fazer ou a conduta que nos faz ser práticos para conseguir o que queremos.

Assim, na teoria, parece uma espécie de jogo de palavras, mas, na realidade, é um valor eminentemente prático que consiste em saber adaptar os meios de que dispomos aos fins que pretendemos para não construirmos castelos no ar.

Para entender melhor, podemos pensar no seguinte exemplo: Elena mora no sexto andar de um edifício que, felizmente, tem dois elevadores. Ela sempre toma o elevador para subir e, às vezes, se não está segurando muitas coisas, desce a pé para fazer um pouco de exercício. Ontem desabou uma tempestade de verão sobre a cidade, daquelas que causam estragos; raios e trovões ofereciam um espetáculo tenebroso.

Elena decidiu subir a pé os seis andares porque sabe, por experiência, que nessas ocasiões acaba a energia elétrica e um ou outro vizinho acaba ficando preso no elevador e... sem poder tocar o alarme porque está quebrado!

Elena é uma pessoa prudente porque avaliou com bom senso os meios de que dispunha para conseguir o que desejava: chegar em casa sem problemas.

## A prudência é uma mistura

**A** prudência é uma mescla equilibrada de:

• **Inteligência,** que nos faz distinguir quais meios são bons, quais, nem tanto assim, e quais são maus para obter algo.

• **Experiência,** que nos dá argumentos, muitas vezes sem que os formulemos conscientemente, para aproveitar ao máximo os êxitos anteriores e não repetir os erros.

• **Senso comum,** que nos faz avaliar a utilidade desses meios tendo em vista as circunstâncias concretas.

Se aplicarmos esta mescla no caso de Elena, veremos que em outra situação ela teria tomado o elevador sem pensar um instante, mas saberia que a qualquer momento poderia acabar a energia elétrica; assim lhe diz a experiência. Sua inteligência e seu senso comum lhe permitem ser prudente e optar por subir a escada para chegar em casa sem problemas.

Por que ela toma normalmente o elevador? Porque sabe que, quando o tempo está bom, são poucas as possibilidades de que a luz acabe; isso aconteceu pouquíssimas vezes.

### FRASES CÉLEBRES

– Quem não conhece um caminho que leve ao mar, tem que procurar uma correnteza como companheira de viagem.
(Plauto, poeta latino)

– Uma correnteza se atravessa nadando na direção das águas; não poderás vencer um rio se nadares contra a correnteza.
(Ovídio, poeta latino)

– Quando a derrota é inevitável, convém ceder.
(Quintiliano, retórico romano.)

– É melhor perder do que perder mais. (Provérbio português)

– Não é realmente valente o que tem medo de ser, quando lhe convém, um covarde. (Edgar Allan Poe, escritor norte-americano)

*Ser prudente é escolher os meios adequados aos objetivos.*

# Os macacos imprudentes

Um explorador descobriu um método inteligente para caçar macacos imprudentes: os nativos punham frutos grandes e duros, talvez cocos, dentro de jarras que tinham um gargalo bastante estreito, de tal forma que a mão do macaco entrasse quando vazia, mas não saísse se estivesse cheia.

Os macacos, glutões e tolos, quando se viam rodeados pelos caçadores que se aproximavam, não eram capazes de abrir mão do alimento, e por isso perdiam a liberdade e depois a vida.

# Os macacos prudentes

No extremo oposto, encontram-se os chimpanzés do experimento do psicólogo Köhler nas Ilhas Canárias. Os macacos de Köhler ficavam dentro de uma jaula com cachos de banana pendurados no teto, de maneira que não pudessem alcançá-los nem mesmo saltando. O psicólogo deixava ao seu alcance caixas de madeira, paus e cordas, e eles aprendiam rapidamente a utilizar essas ferramentas para derrubar os cachos de banana e... comê-los.

Esses chimpanzés aprendiam rapidamente a utilizar os meios para conseguir o fim: comer as bananas.

O ilustre investigador reconhece que nem todos os chimpanzés demonstravam a mesma dose de perspicácia: uns eram mais hábeis e outros menos, isto é, mais prudentes e menos prudentes.

# A raposa e o cabrito (Esopo)

*Uma raposa caiu num poço e, incapaz de sair, foi obrigada a permanecer nele. Eis que se aproximou um cabrito sedento e, ao ver a raposa, perguntou se a água era boa. A raposa, alegrando-se com aquela ocasião, fez um grande elogio à água, dizendo que era ótima, e o incentivou a descer também. O cabrito, sem pensar duas vezes, deu um salto e desceu, atendendo tão somente ao seu desejo. Depois de matar a sede, perguntou o que teria de fazer para sair de lá, e a raposa lhe disse que tinha uma boa ideia para salvá-los.*

*— Coloque as patas da frente na parede e incline os chifres, eu saltarei sobre suas costas e, quando chegar lá em cima, ajudarei-o a sair.*

*O cabrito, ao ouvir estas últimas palavras, apressou-se em seguir o conselho. Então, a raposa, subindo pelas patas do cabrito, montou nas suas costas e, apoiando-se nos chifres, alcançou a borda do poço e foi embora.*

*Quando o cabrito a recriminou por não ter cumprido o acordo que haviam feito, ela voltou e lhe disse:*

*— Amigo, se tivesse tanto juízo quanto pelos na barba, não teria descido sem antes pensar como sairia do poço.*

*De maneira semelhante, as pessoas ajuizadas também devem considerar, antes de realizar as ações, como vão terminá-las.*

## O que é e o que não é prudência

Ainda que hoje em dia os automóveis tenham muitas marchas, antes só tinham três: a marcha longa, com pouco gasto de energia, para andar por estradas planas; a marcha curta, mais potente, para arranques e ladeiras fortes; e a marcha a ré, mais potente que a anterior, para ir no sentido contrário, excepcionalmente. O motorista é o encarregado de aproveitar ao máximo a energia do motor, com o mínimo desgaste.

Do mesmo modo, as pessoas devem saber administrar suas forças para atuar sempre com a prudência necessária. Se compararmos este valor com as marchas de um automóvel e sua utilidade, entenderemos como funcionam as diferentes intensidades da prudência.

*Nem sempre necessitamos da mesma intensidade de prudência.*

### PRUDÊNCIA COM MARCHA LONGA

- É a prudência que se deve usar nas situações normais, quando a tarefa não apresenta especial compromisso nem dificuldade relevante.
- É a marcha habitual para não queimar o motor e circular com agilidade e cuidado; é econômica e com ela se pode cobrir grandes distâncias sem superaquecimentos.
- Nunca podemos circular sem uma marcha engatada! O veículo ficaria incontrolável.

### PRUDÊNCIA COM MARCHA CURTA

- É a prudência reforçada que usamos em casos complicados, quando nos encontramos ante uma situação problemática, perigosa ou difícil.
- É a marcha para ladeiras íngrimes: abusar dela poderia fundir o motor; é mais lenta e supõe um maior desgaste.
- É muitas vezes necessária, se não queremos fundir o motor e ficar parados.

### PRUDÊNCIA COM MARCHA A RÉ

- É a prudência que nos faz ir contra a correnteza. Chamemo-la de "objeção da consciência" e pensemos que é atuar de uma maneira muito valente.
- É uma marcha excepcional, muito arriscada, e comporta perigos evidentes que se deve estar disposto a assumir.
- Algumas vezes é a única solução, já que é a marcha mais potente, mas... muito cuidado!

## Prudência por falta e por excesso

**N**em tudo é prudência e é possível fracassar em uma atitude prudente tanto por falta como por excesso.

Por falta, é possível cair em uma atitude imprudente sempre que se atua de maneira precipitada, desconsiderada, negligente ou com temeridade.

Por excesso, ao contrário, também é possível ser imprudente se atuar com malícia, covardia ou mostrar precaução desproporcional.

Mais uma vez, o verdadeiro valor se encontra no equilíbrio. Quanto maior o risco, maior a prudência.

### IMPRUDÊNCIA POR FALTA

- **Por precipitação.** Quando não paramos para pensar o suficiente e ver se os meios são adequados, corretos e justos.
- **Por temeridade.** Quando depreciamos o uso dos meios que evitariam os perigos desnecessários.
- **Por desconsideração.** Quando não prestamos atenção às circunstâncias e atuamos como cegos guiados por princípios absolutos.
- **Por negligência.** Quando não prestamos atenção aos detalhes durante a execução de uma ação; isso faz com que o resultado faça cair por terra as melhores intenções.

### IMPRUDÊNCIA POR EXCESSO

- **Por engano ou malícia.** Quando planejamos e usamos meios eficazes, mas eticamente incorretos, que violam os direitos dos demais.
- **Por previsão desproporcional.** Quando queremos excluir toda possibilidade de erro ou fracasso. Isso é muito próprio dos indecisos, que querem deixar tudo tão amarrado e seguro que, no final, não fazem nada.
- **Por covardia ou pusilanimidade.** Quando não colocamos em prática os meios que sabemos ser necessários e oportunos por prever que nos causarão inconvenientes. Em determinadas ocasiões, ser prudente exige ser valente, comprometido e ousado.

# Atividades

**ATÉ 7 ANOS**

## PRUDÊNCIA E IMPRUDÊNCIA NO CINEMA

*Inúmeros filmes para crianças apresentam personagens prudentes e imprudentes. A imprudência de muitos animais nos desenhos animados faz com que os golpes, os choques, as quedas inverossímeis e as situações perigosas sejam habituais.*

*A prudência e a imprudência dos personagens de* Guerra nas Estrelas, Harry Potter, O Senhor dos Anéis, *etc., e de outros títulos, são e serão características imortais no mundo da linguagem cinematográfica.*

*Quando assistimos a um filme com nossos filhos, podemos pedir-lhes que ponham os "óculos da prudência", enquanto apontamos as ocasiões em que os personagens da ficção atuam de maneira imprudente (tanto por excesso como por falta).*

*Também seria interessante refletir com nossos filhos sobre as imprudências, as violências e os riscos que alimentam a maioria dos videogames. As crianças devem ser conscientes de que se trata de ficção e reconhecer sempre as atitudes que eles não podem nem devem adotar.*

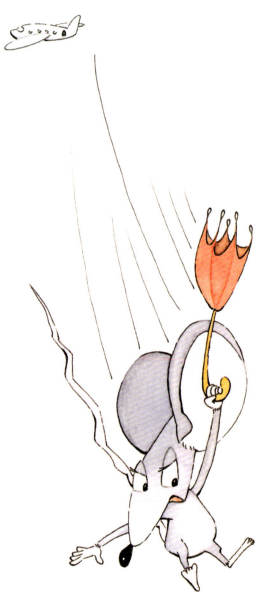

### SUGESTÃO

Em outra ocasião, podemos fazer um inventário positivo das atitudes prudentes que apareceram no filme. Que personagens, e em que situações, atuam com mais juízo? Como administram os meios de que dispõem para obter o que desejam? Eles consideram suas forças antes de empreender uma ação?

## PRUDÊNCIA NA ESTRADA

*Teoricamente, temos nos referido à prudência de marcha longa, de marcha curta e de marcha a ré. Muitas vezes estamos no automóvel com nossos filhos e podemos aproveitar esses momentos para insistir nessa ideia.*

*Essa também pode ser uma excelente ocasião para aplicar e analisar o valor da prudência em relação à condução dos veículos.*

*Por que dizemos que a maioria dos acidentes de trânsito deve-se à imprudência? Analisaremos se é realmente imprudência e em que sentido. O que quer dizer ser prudente na estrada?*

*Sem dúvida, os casos reais virão em nosso auxílio: motoristas que não respeitam os sinais de trânsito nem os limites de velocidade estabelecidos, pedestres que atravessam a rua sem olhar, motoqueiros que circulam sem capacete, pessoas que falam ao celular enquanto dirigem, etc.*

· · · · · · · · · · · · · · · · · · · · · · · · · · · · · · · · · · · · · · · · · · · · · · · · · · · · · · · · · · · · ·

### SUGESTÃO

Tanto em casa como na escola as crianças testemunham diariamente situações prudentes e imprudentes: jogos perigosos, lutas, etc., e por isso muitas vezes não é necessário recorrer à ficção para encontrar exemplos relacionados com este valor.

Podemos pedir que as próprias crianças descrevam situações prudentes e imprudentes que tenham vivido recentemente, e que nomeiem os personagens que as protagonizaram.

## ANALISANDO FÁBULAS

Muitas vezes, em nossa casa, e com certeza nas bibliotecas escolares ou municipais, podemos encontrar livros de fábulas antigas ou modernas.

Se lermos algumas delas, comprovaremos que são lições impressionantes do senso comum.

Podemos lê-las com nossos filhos e tomar nota das que se referem principalmente à prudência, à sagacidade, à capacidade de renunciar a um bem menor para obter um maior, à possibilidade de aceitar uma dor menor para evitar uma maior, etc.

Em muitos capítulos deste livro recorremos às fábulas para exemplificar a importância de um valor. Neste caso, a leitura de *A raposa e o cabrito* pode ser de grande utilidade para que nossos filhos entendam a importância de avaliar corretamente os próprios meios e capacidades antes de empreender qualquer ação. Só assim é possível atuar de maneira prudente e correta.

### O XADREZ, JOGO PRUDENTE

Se nosso filho ainda não aprendeu a jogar xadrez, esta seria uma boa oportunidade para ensinar; se faz tempo que não jogamos, aproveitemos para recuperar o costume; e, se já jogamos em casa, vamos gastar uns segundos para refletir sobre o que é uma conduta prudente no jogo e como a praticamos. Por exemplo, perder peças de valor inferior para salvaguardar as de maior valor tático, prever as consequências do movimento de uma peça, arriscar, retroceder, sacrificar, atacar, proteger o rei... são atitudes prudentes.

#### SUGESTÃO

Podemos comparar o jogo de xadrez com o jogo de damas e observar uma diferença básica: neste último, todas as peças têm o mesmo valor, portanto as estratégias de prudência são muito menos notórias. É preciso somente proteger com cuidado especial as pedras que estão prestes a chegar ao final do tabuleiro, converter-se em damas, e ter um valor efetivo maior que as demais.

### A PRUDÊNCIA E OS ESPORTES DE AVENTURA

Proporemos este tema de conversa aos nossos filhos: como devemos unir o valor da prudência à prática dos esportes chamados de risco? Como podem ser prudentes ou imprudentes aqueles que os praticam? O que significa tomar medidas adequadas? Quais medidas qualificaríamos como excesso de cautela, que chegam a ser ridículas? Somos prudentes ou imprudentes nos esportes que praticamos habitualmente? Quanto mais casos e exemplos comentarmos, melhor.

Uma excursão pela montanha ou um dia de praia nos proporcionará material mais que suficiente para iniciar um diálogo interessante.

# Civilidade

## O que entendemos por civilidade?

A civilidade é a manifestação externa do respeito ao próximo. Consiste em um conjunto de normas relacionadas com a convivência, que tendem a evitar incômodos entre as pessoas quando se relacionam entre si.

Azorín (escritor espanhol) a resumia com estas palavras: "A civilidade é o conjunto de preceitos exteriores que regulam o trato de pessoas civilizadas. Esses preceitos estendem-se às saudações, às visitas, [...] às comidas, às cartas, às conversas. Mas a civilidade por si só não basta. É preciso complementá-la. No chamado tríptico da vida social, a civilidade é uma parte e as outras duas são a equidade e a liberalidade". Por equidade entendemos justiça e tolerância; e por liberalidade, generosidade.

Ainda que na nossa vida dentro de casa possamos prescindir de alguns detalhes para não converter a vida doméstica em uma "vida de etiqueta", nossos filhos devem conhecer bem as normas de civilidade e saber pô-las em prática na sua "vida social". Lembremos que eles frequentam outras famílias, comem na escola, viajam em transportes públicos, cumprimentam os pais de um colega de classe, assistem a espetáculos... e devem saber comportar-se de maneira correta sempre.

## Ainda está na moda a civilidade?

**É** certo que há condutas para todos os gostos e que, frequentemente, encontramos jovens e adultos que fazem alarde de sua grosseria em palavras e atos.

Entretanto, também podemos constatar um ressurgimento do interesse pelas normas de civilidade. Em sociedades desenvolvidas, justamente por causa de seu nível cultural, é possível observar o respeito aos costumes sociais que tornam mais agradável a convivência. São publicados livros referentes ao tema da maneira correta de agir nos diferentes momentos do dia e nos diversos ambientes; definitivamente, a civilidade volta a ser uma questão da atualidade.

Realmente, é possível encontrar estas normas de bom gosto em qualquer manual moderno de civilidade. Eles existem, e são muito bons.

Seria uma lástima se uma sociedade como a nossa, que se diz preocupada com a tolerância e com a convivência, que exige respeito a todas as classes de pessoas, que procura integrar diferenças e não ferir suscetibilidades gratuitamente, que proclama um trato digno inclusive com os animais, abandonasse as convenções de bom gosto que, afinal de contas, não têm outra finalidade a não ser polir a grosseria, muitas vezes hostil, a que nos inclinam nossos instintos mais primários.

Estas convenções sociais são arbitrárias na prática, é verdade, e elas podem inquietar a espontaneidade de nossos filhos.

Não obstante, é fácil mostrar-lhes outras normas igualmente arbitrárias, e geralmente bastante rígidas, que eles mesmos se impõem, por exemplo, na maneira de vestir ou de se comportar em uma discoteca, ou nos rituais praticados durante o recreio na escola ou na prática de esportes, ou simplesmente no modo de se pentear ou de levar coisas no bolso; se alguém não aceita estas normas, tácitas, mas muito claras, é visto como bicho raro.

Os que querem aparecer caem automaticamente na categoria de suspeitos ou pelo menos de novatos, pouco iniciados nos respectivos ambientes, ou simplesmente antiquados. São suas normas de civilidade.

# Civilidade dentro e fora de casa

**T**odos os pais têm a justíssima ambição de que os filhos saibam se comportar adequadamente em público e que não os envergonhem por sua maneira de agir ou falar. É dentro de casa que se pode levar a cabo uma aprendizagem lenta e constante que depois dará seu fruto, uma vez que bons modos não se improvisam.

Em nenhum momento nos referimos a refinamentos palacianos ou protocolos complicados, mas a situações normais, que devem fazer parte dos atos reflexos que se exercem habitualmente no meio familiar; só assim agirão com naturalidade em qualquer situação ou ambiente.

No ambiente familiar ou de amizade, podemos e devemos relaxar a prática de muitas normas sociais; se não o fizéssemos, criaríamos um ambiente sumamente incômodo, sufocante, falso. Mas no momento em que pisamos na rua, entramos em um local público ou na casa de alguém, temos que mudar o registro e adotar uma conduta adequada à nova situação. Não podemos ir de pijama ao teatro nem tomar o café da manhã diário na cozinha de casa em traje de gala. Não será difícil que nossos filhos compreendam isso perfeitamente.

A ignorância dos usos e dos costumes de um determinado grupo cria desassossego e uma sensação de inferioridade muito desagradável em quem tem tal desconhecimento.

*Os bons modos não se improvisam.*

# A civilidade

— Mamãe, a civilidade tem algo a ver com a Guarda Civil?

— Não, filha. A civilidade é algo que parece que está fora de moda, e não deveria estar.

— Como os vestidos da vovó?

— Não exatamente. A civilidade é tudo aquilo que devemos ter em conta quando tratamos com os outros: como devemos nos comportar para não incomodar as pessoas e como podemos facilitar a vida uns dos outros sem lhes causar mais dificuldades.

— Não entendi, mamãe. Explique melhor.

— Imagine que você vai comer na casa de uma amiga que a convidou; hoje é o aniversário dela. Você vai com um vestido sujo e fedorento; entra na casa sem cumprimentar ninguém; dá um empurrão na mãe da sua amiga; chega perto do bolo de aniversário com as mãos sujas de jogar bola, corta uma fatia e começa a comer sem esperar os demais; limpa as mãos na toalha; bebe um refrigerante direto na garrafa; grita e fala besteiras como "Este bolo está parecendo uma cebola podre"...

— Mamãe, por favor, eu não faria isso nunca. Eu sou uma menina bem-educada.

— Muito bem. Pois ser bem-educada também se chama ter civilidade.

— Sabe, eu cumprimentaria o pai e a mãe da minha amiga com um beijo, daria um presente para a minha amiga e brincaria com todo mundo procurando não incomodar. Ah! E iria com aquele conjunto de verão que eu gosto tanto! E essa do bolo... é demais! Só de imaginar me dá nojo. Que vergonha! Com certeza, nunca mais ninguém me convidaria para uma festa, você não acha?

— Está vendo? Mesmo sem saber, você praticou muitas normas que a civilidade nos ensina para... não dar nojo nas pessoas, como você mesma disse. E nem é preciso dar uma de pessoa elegante para seguir as normas de civilidade; basta ser correto e agradável no trato com todos que nos rodeiam. São costumes que devemos ter em conta para conviver melhor. Você viu, por exemplo, que na porta do ônibus está escrito "Antes de entrar, deixe o outro sair"?

— Sim, mamãe, eu vi.

— Pois esse costume é um sinal de respeito para com os demais passageiros. Você não acha que fazer isso vai facilitar a subida e a descida dos passageiros? Assim evitamos empurrões e apertões. É uma norma de civilidade nos transportes públicos.

— Conte mais normas de civilidade, porque eu não quero ser grosseira nem dar nojo em ninguém.

## A civilidade não é hipocrisia

**N**ossos filhos podem nos dizer que veem a civilidade como uma mentira social e que preferem ser sinceros, espontâneos e naturais.

Teremos de convencê-los, sobretudo com nosso exemplo e palavras oportunas, de que podemos cumprir perfeitamente os costumes corteses e ser ao mesmo tempo sinceros, espontâneos e naturais.

A única maneira de conviver é respeitar certas convenções que fazem com que o trato humano, a vida, enfim, seja mais agradável.

De fato, a pessoa que sabe o que deve fazer em cada ocasião pode agir com uma margem enorme de espontaneidade e, quanto mais assimilados esses costumes, mais naturalidade ela terá. E, em relação à sinceridade, é questão de que "queiram" que estas fórmulas de convivência sejam expressão do respeito interior para com os outros.

Enfim, a constância na prática da correção social criará em nós costumes que, por sua vez, tornarão esta prática mais fácil, mais natural, mais espontânea e mais agradável. Ou seja, o oposto da hipocrisia ou da artificialidade.

## Os dois lados da espontaneidade

**C**om frequência lemos ou ouvimos entrevistas com celebridades que afirmam que o que mais apreciam em uma pessoa é a sinceridade. Parece que o valor supremo da vida só tem quem é sincero.

Se entendermos sinceridade como naturalidade, ausência de afetação, estamos de acordo que é um valor que devemos cultivar em nós e nos nossos filhos. As poses e as palavras que alguém emprega para aparentar o que não é e sair bem na foto são tidas como expressões ridículas, que desmerecem quem as manifesta.

Entretanto, se tomarmos a sinceridade como falta de autocontrole na relação com os demais, então devemos concluir que a pessoa espontânea é um perigo para a convivência social. A vida comunitária está baseada na necessária autorrepressão das condutas nocivas ou simplesmente incômodas para os demais. Não podemos dizer ou fazer tudo que espontaneamente nos venha à cabeça; a sociedade voltaria à barbárie.

Nós nos humanizamos à medida que controlamos nossa espontaneidade.

## A civilidade não supre nosso respeito para com as pessoas, mas o torna manifesto

**Q**uando a civilidade é hipocrisia, vê-se de longe; nesse caso, não é civilidade, é mímica.

Quem quer viver em uma cidade, junto com os demais, com os benefícios e os deveres que isso acarreta, deve estar de acordo em seguir as normas (leis, costumes, regras, etc.) de comportamento que são próprias de toda comunidade humana, desde sempre.

A civilização humana estabeleceu leis, códigos e normas que, todos os que vivem em um núcleo urbano, pertencente a uma comunidade municipal, estadual ou nacional, devem cumprir e respeitar para que a convivência pacífica não se rompa.

Quem preferir viver solitário em cima de uma montanha, ou em uma ilha deserta, não precisa seguir nenhuma norma de civilidade. Se eu dirigisse sozinho por uma estrada sem tráfego, poderia esquecer o código de trânsito; mas se há mais veículos, deverei tê-lo sempre muito presente, para o meu próprio bem e dos demais.

Respeitar as leis, as normas estabelecidas por uma maioria para a melhor convivência em um núcleo urbano, ou em uma grande comunidade, não é hipocrisia, é querer viver e conviver em sociedade.

A civilidade e a hipocrisia são faces opostas, ou estão vestidas com diferentes roupagens, como veremos a seguir.

## Não vamos confundi-las...

| A CIVILIDADE | A HIPOCRISIA |
|---|---|
| • Respeita. | • Adula. |
| • Ajuda. | • Incomoda. |
| • Pensa no outro. | • Pensa em si mesmo. |
| • Melhora a convivência. | • Entorpece a convivência. |
| • Sempre cai bem. | • Desgosta quando se descobre. |
| • Agradece. | • Recusa. |
| • Melhora nosso caráter. | • Nos envilece. |
| • É verdadeira. | • É falsa. |
| • Mostra-se. | • Oculta-se. |
| • É um vestido. | • É um disfarce. |
| • É joia que enfeita. | • É bijuteria que engana. |
| • É delicada. | • Parece delicada. |
| • No fundo, é uma forma de amor. | • É uma péssima imitação do amor. |
| • Por sorte, é útil. | • Por azar, é útil. |

### FRASES CÉLEBRES

– Nosso caráter é resultado de nossa conduta. (Aristóteles, filósofo grego)

– Coma na sua casa como se comesse na casa de um rei. (Confúcio, filósofo chinês)

– No que tange a como deve governar sua pessoa e sua casa, Sancho, a primeira coisa a fazer é ser limpo. (Miguel de Cervantes, escritor espanhol)

– Nossa conduta é a única prova de sinceridade de nosso coração. (Thomas Wilson, estadista norte-americano)

# Atividades

DE 6 a 12 ANOS

**S**em pretender redigir um manual de civilidade, destacaremos alguns aspectos que devemos levar em conta com nossos filhos entre os 6 e os 12 anos.

Deixamos ao bom senso dos pais o ensinamento de outras normas de conduta que possam ser úteis no futuro, mas que, nessa idade, podem ser vistas como pedantismo ou, no mínimo, atitudes fora de lugar e de tempo.

## COMO SE APRESENTAR AOS OUTROS?

### ASSEIO E HIGIENE

Deixando de lado as normas de higiene, que todavia estão sujeitas à vontade dos pais, como o banho diário, o cuidado com o cabelo, a higiene com os dentes, etc., vamos insistir na limpeza das mãos e do rosto:

**Mãos limpas.** Devemos estar atentos para que nossos filhos se apresentem sempre com as mãos limpas. Devem adquirir o costume de lavá-las depois de qualquer atividade em que possam sujá-las.

**Unhas limpas e bem cortadas.** Deveríamos pedir que tivessem cuidados especiais com as unhas; sua pequenez física não é proporcional à imundície que revelam. Se as roem, já não se trata de uma questão de civilidade; afeta o campo da psicologia e devemos consultar um especialista.

**Rosto limpo.** O rosto pode ser lavado com tanta facilidade que é quase mais um prazer que um dever. Diz-se que "o rosto é o espelho da alma"; pois muito cuidado para não mostrar uma alma suja e ensebada!

### ROUPA EXTERIOR E INTERIOR

Nessa idade só podemos insistir em dois aspectos:

**Não usar roupa suja ou rasgada.** Temos que lhes mostrar a necessidade de lavar a roupa antes que o problema apareça.

**Mudar a roupa íntima** diariamente (e sempre que necessário, se houver algum imprevisto).

### REFLEXÕES

• A limpeza corporal é de importância absoluta em todas as idades, mas na infância o asseio contínuo é imprescindível, pois dele depende a saúde de nossos filhos e de seu entorno.

• Aos animais de companhia devem permitir-se certas atitudes, mas não todas, no que se refere ao contato contínuo com nossos filhos. Sua higiene deve ser tão exaustiva quanto a humana.

## COMO ANDAR NA RUA?

É interessante que nossos filhos conheçam alguns hábitos fundamentais para andar na rua:

• **Calçada da direita.** Se possível, devemos caminhar pela direita, ou seja, de maneira que nosso braço direito fique mais perto da fachada das casas. Se acompanhamos uma pessoa idosa, faremos com que ela caminhe mais à direita, para que fique mais protegida.

• **Cruzamento de ruas.** Nos cruzamentos deve-se atravessar sempre pela distância mais curta e nunca em diagonal; se há faixa de pedestres, devemos utilizá-la e prestar sempre atenção aos semáforos. Se conseguirmos que nossos filhos respeitem estas normas, teremos feito para eles um seguro contra acidentes e, quem sabe, um seguro de vida!

• **Ajudar os deficientes.** Por exemplo, ajudar uma pessoa cega a atravessar a rua é fazer-lhe um grande favor, ainda mais se levar em conta um pequeno detalhe: melhor que lhe sustentar o braço é oferecer o nosso para que ela se apoie.

• **Lixeiras.** Papéis, sacos, vasilhas, etc. devem ser jogados em lixeiras ou contêineres que se encontram pelas ruas para este fim. Finalmente, se levamos o cachorro para passear... não devemos deixar rastro de tal operação!

## COMO UTILIZAR O TRANSPORTE PÚBLICO?

A partir de determinada idade, as crianças começam a utilizar o transporte público sem a companhia dos adultos. Neste momento, já devem ter assumido uma série de normas básicas:

• **Antes de entrar, tem que deixar sair.** É preciso cumprir sempre esta regra e, além disso, ceder a vez a qualquer pessoa mais velha ou que tenha dificuldade de movimento.

• **Música.** As crianças devem saber que podem escutar música se quiserem, desde que isso não incomode os demais passageiros.

• **Ceder o assento.** Devemos ceder o assento às pessoas idosas, às mulheres grávidas ou a qualquer pessoa que apresente alguma dificuldade para ficar em pé. Trata-se de um gesto de respeito e de boa convivência que não saiu de moda e não deve sair nunca.

• **Pagar a passagem.** É um dever de justiça para todos que usam o serviço público. Além disso, devemos lembrar que é a única forma que nos dá direito a receber o estipulado pelo seguro de vida em caso de acidente (que, tomara, não ocorra!).

### REFLEXÕES

Além destas regras que descrevemos para usar o transporte público, também é preciso saber:

• Quando se está em grupo, deve-se respeitar a vez para subir no veículo, e deixar descer antes os mais velhos...

• Não se deve obstruir a passagem dos demais passageiros, formando grupos que não levam em conta os demais.

• É falta de educação gritar dentro do veículo, ou falar alto, ou faltar com o respeito aos demais passageiros.

Quem desde cedo cumpre estas normas básicas de civilidade ou convivência, faz com que a sociedade se sinta agradecida e esperançosa, pois a atitude das crianças de hoje asseguram o bem-estar coletivo do futuro.

- **Apresentar uma pessoa.** Ao apresentar, por exemplo, o professor de Educação Física, ele deve saber dizer (com um sorriso): "Este é Rafael, meu professor de Educação Física" e, depois: "Estes são meus pais e meus tios".

- **Apresentar-se.** Também devem ser capazes de dizer: "Dona Paula, sou Ana, filha de João, o carpinteiro", sem morrer de vergonha!

- **Pontualidade.** Devemos ensinar-lhes que a pontualidade é uma forma de cortesia que, em certas circunstâncias, tendemos facilmente a esquecer. A impontualidade prejudica aos demais e significa um desprezo por aqueles que se esforçam para ser pontuais. A falta de pontualidade sempre prejudica alguém.

## COMO CUMPRIMENTAR E SE APRESENTAR?

Se temos filhos socialmente extrovertidos, não teremos dificuldades especiais neste ponto, mas, se são tímidos ou retraídos, vai nos custar muito esforço conseguir que adotem uma atitude comunicativa e natural. De todo modo, devemos trabalhar para consegui-lo, porque isso lhes será de grande proveito.

- **Adiantar-se ao cumprimento.** Eles não devem ter vergonha de cumprimentar uma pessoa conhecida que encontrem na rua. Não é preciso que parem, basta um aceno afetuoso e uma palavra.

- **Cumprimentar um grupo.** Ainda que ele só conheça uma pessoa do grupo, é de bom-tom que ele cumprimente primeiro o grupo em geral e depois o conhecido.

### SUGESTÕES

- Para facilitar a comunicação entre a criança e o adulto, é de grande utilidade qualquer exercício teatral que os faça encenar as situações planejadas.

- O possível medo de falar em público também pode ser solucionado com exercícios de expressão, em que as crianças manifestem junto aos outros companheiros suas ideias, sem se importar com a coerência, até chegar a expor realidades coerentes escritas, ou ditadas pelo educador.

## COMO SE COMPORTAR À MESA

Todo mundo sabe que não comemos com a mesma "etiqueta" se estamos em casa ou se somos convidados para comer em um restaurante; é difícil imaginar que isso não aconteça. As normas de protocolo têm seu lugar e seu momento; o contrário seria a artificialidade mais absoluta.

De qualquer modo, há certas normas básicas que devem ser respeitadas sempre que se está comendo:

• **Levar a comida à boca (e não a boca à comida).** O talher deve aproximar-se da boca com naturalidade, sem abaixar o corpo em direção ao prato nem curvar os ombros; uma leve inclinação deve ser mais do que suficiente.

• **Usar o guardanapo.** Deve-se usar o guardanapo antes e depois de beber algo e lembrar que, para limpar-se, é preferível pressionar um pouco os lábios a esfregar o guardanapo de maneira exagerada.

• **Usar os talheres.** Se usarmos a faca e o garfo ao mesmo tempo, deve-se pegar a faca com a mão direita e o garfo com a esquerda; entretanto, se só necessitar da colher ou do garfo, deve-se sustentar esse talher com a mão direita. No caso de crianças canhotas, será o inverso. As comidas macias (massa, por exemplo) não devem ser cortadas com a faca, e sim diretamente com o garfo.

• **Comer pão.** O pão não se morde; parte-se um pedaço com os dedos e se leva à boca.

• **Comer carne.** Só se deve cortar o pedaço que se vai comer.

• **Comer fruta.** Sempre que possível, deve-se evitar usar as mãos ou os dedos para manejar a fruta. Entretanto, antes de fazer ridículo com a faca e o garfo, é melhor utilizar as mãos.

• **Mastigar.** Deve-se mastigar sempre sem fazer barulho, mantendo a boca fechada, e não falar nem beber de boca cheia.

• **Copo.** Nunca se deve encher o copo até a borda nem beber seu conteúdo de uma só vez.

• **Pedir as coisas.** Se em um algum momento não se alcança determinada coisa à mesa, deve-se pedir, "por favor", que alguém o faça.

Em geral, tudo que demonstre voracidade, precipitação e egoísmo à mesa vai contra o respeito aos demais e, portanto, contra a civilidade.

*A mesa parece o lugar privilegiado para pôr à prova a qualidade de nossos hábitos sociais.*

## COMO SE EXPRESSAR POR ESCRITO?

Nessa idade não é comum que as crianças recebam muitas cartas pessoais. Entretanto, no verão e nas férias é possível que cheguem postais ou cartas de amigos.

• **Responder sempre.** Devemos acostumar nossos filhos a que, em justa reciprocidade, mandem um postal de saudação e que nele façam constar que receberam as notícias enviadas.

• **Responder rápido.** Também temos de lhes ensinar que não devem demorar para responder, seja pelo correio postal ou pelo correio eletrônico. Na vida é sempre preferível passar por atencioso do que por antissocial.

• **Responder bem.** Finalmente, devemos insistir para que nossos filhos escrevam corretamente o nome e o endereço do destinatário e do remetente no envelope, para facilitar o trabalho dos carteiros.

## COMO SE COMPORTAR EM DIVERSAS SITUAÇÕES

Nesta pequena "caixa de ferramentas" de outras normas de civilidade, incluímos algumas que devem ser aprendidas dentro de casa, pois fora dela a aprendizagem fica difícil.

• **Dar a mão.** Deve-se dar a mão com naturalidade ao cumprimentar. É necessário firmeza, pois é muito desagradável quando nos cumprimentam com mão como "peixe escorregadio" ou "flor murcha".

• **Devem levantar-se.** Devem aprender que, caso estejam sentados, devem ficar em pé para cumprimentar alguém e esperar um instante antes de voltar à atividade.

• **Nunca passar** entre duas pessoas que estejam conversando.

• **Pedir licença** antes de dirigir-se a uma pessoa que esteja falando com outra.

• **Não cochichar.** Em uma conversa em grupo, não se deve falar em voz baixa com um dos companheiros, pois poderia dar a impressão de que se está falando de outra pessoa presente.

• **Por favor, desculpe e obrigado.** É muito importante saber usar estas três frases, já que são fundamentais para as manifestações de civilidade.

• **Não cuspir.** É um costume horrível que, em alguns ambientes, é um hábito frequente.

• **Espirrar.** Ao espirrar deve-se colocar um lenço diante da boca e do nariz, e fazê-lo com discrição.

• **Tossir, bocejar** (o que deve se evitar ao máximo), **pigarrear**... sempre com o menor ruído possível e cobrindo a boca com o dorso da mão (não com a palma).

• **Mãos nos bolsos.** Continua sendo falta de educação manter as mãos nos bolsos enquanto se fala com alguém ou diante do público; considera-se esta uma postura de desfaçatez e insolência.

Certamente existem e existirão mais situações em que o comportamento de nossos filhos mereça correção, porém a principal garantia de que sua atuação seja correta dependerá sempre do nosso exemplo.

# Responsabilidade

## O que é responsabilidade?

Se pesquisarmos, veremos que as palavras "responsabilidade" e "responder" pertencem à mesma família e possuem o seguinte significado: "capacidade, e quem sabe obrigação, de responder por algo; dever de se explicar pelo que se fez, disse ou omitiu".

Dessa maneira, devemos associar a ideia de responsabilidade a fazer o que se prometeu, cumprir uma promessa, ou ser consequente com a palavra dada.

Quem adquire uma responsabilidade, sempre tem que responder por algo diante de alguém, e responsável é aquele que está capacitado a justificar os seus atos. Esta é a essência da responsabilidade.

## Só é responsável quem é livre

**É** importante dar a este valor um sentido de compromisso, de exigência; sem compromisso prévio não pode haver responsabilidade. Mas o compromisso deve ser assumido livremente; é incoerente que alguém tenha que responder por algo que o obrigaram a aceitar à força.

## É responsável quem pode responder pelos seus atos.

## Exemplos que nos ajudarão a refletir com nossos filhos

• O mecânico que consertou um automóvel é responsável pelo reparo que fez. Se acontecer algum acidente devido ao seu trabalho malfeito, ele será acusado.

• As laboriosas abelhas, apesar de trabalharem maravilhosamente bem, quando fazem mel ou quando picam alguém não são responsáveis (nem para o bem nem para o mal) pelo que fazem; elas só sabem fazer o que fazem, e do mesmo modo que o fizeram durante séculos e séculos.

• Não podemos prender um revólver ou um automóvel "assassinos", nem condenar a 30 anos de prisão a serpente que mordeu alguém. Nem a arma, nem o veículo, nem o animal são capazes de explicar o que fizeram; fizeram, mas não sabem por quê; não são livres para escolher a sua conduta.

• O fabricante de ferramentas não é responsável pelo mau uso que outra pessoa possa fazer delas; do mesmo modo que um fabricante de pincéis não ganhará prêmio de pintura por um quadro maravilhoso que um artista excelente tenha pintado com ele.

## Liberdade e responsabilidade

**D**e fato, só podemos ser premiados ou punidos pelo que fazemos livremente. Ninguém premia seu filho porque ele cresceu, nem o castiga porque ele precisa de óculos; só se pode responder por aquilo que se faz livremente.

Por esse motivo, devemos ter consciência que educar nossos filhos na responsabilidade é educá-los na liberdade... e vice-versa. Resumindo: educar sua liberdade é educar sua responsabilidade, e educar sua responsabilidade é educar sua liberdade.

Se pretendêssemos desenvolver em nossos filhos o valor da responsabilidade sem atentar ao mesmo tempo ao crescimento de sua liberdade, o colocaríamos num caminho perigoso que os conduziria a uma angústia terrível: deveriam responder pelo que não podem evitar. Se os educássemos carregando excessivamente nas tintas da liberdade, deixando de lado o aprendizado da responsabilidade, criaríamos pessoas submetidas aos seus desejos e caprichos sem ater-se às consequências que seus atos acarretam para si mesmos e para os outros. Ambos os valores, liberdade e responsabilidade, devem ser entendidos como duas faces da mesma moeda: não é possível existir uma sem a outra.

Temos que responder pelo que fazemos e poderíamos não ter feito; ou melhor, pela porcentagem de liberdade que nos corresponde em tudo o que realizamos.

 **FRASES CÉLEBRES**

– Todo cargo é uma carga; suporta a carga ou deixa o cargo. (Refrão antigo)

– Antes de fazer, pense; quando tomar a decisão, faça logo. (Salústio, historiador romano)

– Você assumiu este papel? Tem que representá-lo. (Sêneca, filósofo latino)

# A cigarra e a formiga (Esopo)

*Era um dia de verão e uma formiga caminhava pelo campo recolhendo grãos de trigo e outros cereais para ter o que comer no inverno. Uma cigarra a viu e se surpreendeu por ela ser tão laboriosa e por trabalhar sem parar enquanto os outros animais descansavam.*

*A formiga, naquele momento, não lhe disse nada; mas quando chegou o inverno e a chuva acabou com o alimento, a cigarra, faminta, foi ao encontro da formiga para lhe pedir um pouco de comida. Então ela lhe respondeu: – Cigarra, se você tivesse trabalhado antes, quando eu me esforçava e você me criticava, agora não lhe faltaria comida.*

*Conclusão, cada um deve aprender a responder por sua própria conduta.*

# O viajante e a deusa Casualidade (Esopo)

Um viajante que havia caminhado muito e estava morto de cansaço deitou-se na beira de um barranco e dormiu. Estava quase caindo quando a deusa Casualidade se aproximou, despertou-o e lhe disse: "Cuidado, meu amigo! Se você tivesse caído, não pensaria que foi por causa do seu pouco juízo, mas sim por minha culpa, que sou a Casualidade, e diria que foi um acidente".

Do mesmo modo, muita gente que é desafortunada por sua própria culpa acusa os outros por suas desgraças.

## O positivo e o negativo quanto à responsabilidade.

### É BOM...

- Dar responsabilidades adequadas a cada idade.
- Elogiar as responsabilidades cumpridas.
- Premiar, de vez em quando, com uma recompensa material.
- Pedir normalmente responsabilidade pelas tarefas solicitadas.
- Responder aos filhos pela responsabilidade que nos foi depositada.
- Ser responsável.

### É RUIM...

- Exigir mais responsabilidade do que a compatível com a sua idade.
- Não parabenizá-lo pelas responsabilidades cumpridas.
- Pagar o cumprimento das responsabilidades com dinheiro.
- Nunca cobrar responsabilidade pelas tarefas solicitadas.
- Não nos sentirmos responsáveis ante nossos filhos pelo que eles nos pediram.
- Não ser responsável.

### O QUE DIZEM OS RESPONSÁVEIS?

Sim, eu fiz isto.
Eu fiz o melhor que pude.
Sinto muito ter lhe causado este transtorno.
Por favor, pode deixar que eu faço, pois me comprometi com isso.
Estou à sua disposição, sou o responsável.
Perdão, peço desculpas.

### O QUE DIZEM OS IRRESPONSÁVEIS?

Eu não tenho culpa.
Foi sem querer.
Isto não é assunto meu.
Se vira!
E eu com isso?
Se me perguntarem, negarei tudo.

# Atividades

ATÉ 7 ANOS

## UMA TAREFA

Peça ao seu filho que faça tarefas concretas, desde que adequadas à sua idade; por exemplo, comprar algo, levar alguma coisa ao vizinho, devolver um objeto emprestado, etc.

Quando a tarefa for executada, peça que ele lhe avise e agradeça a ele por tê-la feito.

### OBSERVAÇÃO

O importante é a responsabilidade que lhe atribuímos (prova de que confiamos nele) e se a valorizamos, não a tarefa em si.

## EXERCENDO UM CARGO

Podemos pedir ao nosso filho que faça certos serviços concretos e de curta duração dentro de casa, como pôr ou tirar a mesa, arrumar o banheiro, recolher a correspondência, etc.

Quando terminar a tarefa, avaliaremos junto com ele a maneira como a executou (Gostou? Foi difícil? Esqueceu em algum momento a sua responsabilidade?) e, com elogios justos, o felicitaremos.

### OBSERVAÇÃO

Como na atividade anterior, é preciso considerar a idade e as possibilidades das crianças.
Os mais velhos também devem entrar no rodízio dos serviços da casa, e ser valorizados por isso.

### ERA UMA VEZ...

Utilizar a narração de contos e fábulas para insistir e dialogar sobre as responsabilidades dos personagens e as consequências que daí derivam. Por exemplo: *Os três porquinhos* (casas frágeis/casas resistentes); *Cinderela* (os criados devem olhar bem de quem é o sapato; ela deve voltar para casa em uma determinada hora...); *Chapeuzinho Vermelho* (distrair-se pelo caminho); *O gato de botas* (a irresponsabilidade do ogro ao transformar-se em rato); *A cigarra e a formiga* (já comentamos); *O patinho feio* (a conduta dos que riem dele)... Com certeza encontraremos algum tema adequado em qualquer conto ou fábula.

> **CUIDADO!**
> Não devemos interromper a narração para fazer as reflexões, isso desagradaria aos nossos filhos. Guardemo-las para o final ou para outra ocasião, para que não pareça que sempre terminamos com uma moral ou que não é possível desfrutar de uma deliciosa história sem uma reflexão moral no final.

## Muita gente que é desafortunada por sua própria culpa acusa os outros por isso.

### SOMOS TODOS IMPORTANTES

Podemos elaborar com nossos filhos uma lista de profissões bem diversificadas. O objetivo desta atividade é que a criança compreenda que todos os ofícios implicam um grau de responsabilidade maior do que parece a princípio.

É importante assinalar, em cada caso, as consequências sociais, higiênicas, morais, psicológicas... de um trabalho bem-feito e de um trabalho malfeito.

> **CUIDADO!**
> Não diga que um médico, um juiz... têm uma grande responsabilidade (isso é verdade, claro), mas que, em contrapartida, o gari e o carteiro não a têm. É fácil demonstrar que a falta de responsabilidade nestes ofícios pode ter consequências graves.

# Ordem

## Onde e como?

A ordem é a disposição das coisas no espaço ou no tempo que lhes corresponde segundo certas regras estabelecidas. A ordem põe as coisas no seu lugar e no seu momento.

Há crianças que parecem que nasceram com o dom da ordem. Entramos no seu quarto e está tudo no lugar: a roupa, os jogos, os objetos, os enfeites, até os sapatos estão bem colocados! Os livros estão agrupados por temas e, se há coleções, os volumes seguem perfeitamente a numeração na estante.

Todavia, há outras em que este dom nunca existiu ou se evaporou. O quarto é uma bagunça e tudo está de pernas para o ar. Será que elas conseguem encontrar o que procuram? Elas dizem que sim, mas nós duvidamos seriamente.

Assim, há filhos que nos darão muito pouco trabalho na educação deste valor porque são ordenados por temperamento. Com outros, nosso empenho para que assimilem a ordem será quase frustrado, mas mesmo assim devemos seguir tentando.

O sentimento de frustração se acentua se considerarmos que, no caso da ordem, os resultados podem ser mais imediatos que em outros. Há valores cujos frutos só são apreciados a longo prazo e talvez de forma bastante imprecisa; no caso da ordem, os resultados são contabilizados rapidamente e de forma muito evidente.

## Pôr as ideias em ordem

**A**o falar do valor da ordem, só pensamos na ordem das coisas. Entretanto, há outra ordem muito mais importante: a ordem nas ideias. As diferenças individuais também são evidentes neste campo:

• Há pessoas mais lógicas, mais ordenadas em seus pensamentos, cujos raciocínios funcionam como rigorosos silogismos. Sua capacidade dedutiva é hábil e suas conclusões trazem consigo o rigor mental das premissas estabelecidas.

• Há outras pessoas mais intuitivas, que parecem passar de simples dados captados a deduções que percebem com uma clareza absoluta.

As conclusões de umas e outras não têm maior garantia de acerto ou de erro; são frutos de modos distintos de proceder.

Então o que entendemos por ordem nas ideias? É levar em conta todos os dados possíveis para estarmos menos expostos ao erro. Assim, economiza-se tempo e energia, desânimos e repetições inúteis no momento de analisar a realidade, e se consegue atuar corretamente. Do mesmo modo que a ordem em uma livraria nos faz encontrar um livro com maior rapidez, também a ordem nas ideias nos permite chegar à verdade com uma margem de erro menor.

É verdade que a inteligência lógica se desenvolve lentamente, mas podemos ajudar as crianças nesse processo. Nossos filhos podem ir se dando conta de que nem tudo que ocorre depois de "A" tem "A" como causa; que as causas precedem os efeitos e não vice-versa; que de um só caso não podemos deduzir uma lei universal; que a exceção é compatível com uma regra geral; e, mais, uma exceção supõe que haja uma regra; que de uma suposição absurda podemos deduzir qualquer absurdo; que uma suspeita, nem 100 delas, não dá certeza de nada; que os rumores muitas vezes são falsos; que existem ilusões de óptica... e de outras ordens; que quem pretende demonstrar à exaustão, ao final não demonstra nada; que na vida nem tudo é branco ou preto; e, ainda que pareça um paradoxo, que o coração tem razões que a razão não compreende.

*Se você defende a ordem, ela o defenderá.*

## *Pôr ordem no tempo*

**E**m primeiro lugar, devemos considerar que o horário não deve nos escravizar: "Não é o homem que foi feito para o horário, mas o horário para o homem".

A liberdade de nossos filhos para organizar o horário de seu tempo livre deve corresponder à sua iniciativa à medida que cresçam; os anos lhes conferirão maior autonomia. De qualquer modo, sempre devemos nos reservar a faculdade de revisá-lo e, talvez, dialogar com eles sobre a conveniência de introduzir alguma mudança. Dentro do possível, aprovaremos seu horário e nos poremos à disposição, por exemplo, para revisá-lo e introduzir as mudanças oportunas.

A partir dos 7 anos, as crianças podem começar a elaborar o seu horário. Ficaremos surpresos ao comprovar que eles são mais fiéis do que se o tivéssemos prescrito com "todo o peso da autoridade". Sempre é mais agradável, eficaz e duradouro acatar as nossas próprias decisões, impostas livremente, do que aceitar as decisões dos outros, por melhores que sejam.

A elaboração de um horário é especialmente importante para o período de férias escolares. Normalmente, nossos filhos têm o tempo muito regulado durante o ano letivo; mesmo as horas que passam em casa dão pouca margem de tempo livre. Os dias de folga são os que melhor se prestam a lhes oferecer um excelente aprendizado sobre a organização do horário. Vale a pena aproveitá-los. Claro que a distribuição da carga horária deve incluir diversão, leitura, trabalho adequado e descanso.

Ironicamente, poderíamos dizer que é um horário "para não ser cumprido". Vamos explicar esta ideia: o horário de férias não tem de ser uma camisa-de-força, mas sim um recurso que se tem à mão para que o tempo renda o máximo possível e que não haja lugar para o ócio desorientador. Com ele as crianças sempre terão o que fazer; será um pano de fundo que deverá passar para o primeiro plano caso não haja outro compromisso mais adequado. A flexibilidade deve ser circunstancial a este horário, no sentido de que deixa de ser obrigatório quando qualquer circunstância aconselhe um melhor aproveitamento do tempo. E, como qualquer horário, deve ser revisto e melhorado.

Não obstante, vale recordar que "o tempo do prazer passa muito depressa", enquanto "o tempo da dor é muito lento".

Uma lebre empurra os ponteiros do relógio quando estamos com os amigos; uma tartaruga das mais lentas os arrasta quando estamos sentados na cadeira do dentista.

## *Pôr ordem no espaço*

**O**rganizar o espaço onde nos encontramos é a ordem mais visível, a mais espetacular e também a mais controlável.

Certas crianças têm um quarto em que as gavetas de roupa parecem mais de uma loja de luxo do que de um quarto de criança; tudo bem colocado, dobrado cuidadosamente, no lugar, e em perfeito estado.

Outras crianças, ao contrário, nunca encontram o que vestir; quando se tenta abrir seu armário, podem ocorrer duas coisas: que caia tudo... ou que o mundo desabe sobre a sua cabeça.

O esforço dos pais é titânico para que os filhos adquiram um mínimo sentido de ordem na distribuição dos seus objetos no espaço.

Os primeiros dão pouco trabalho, mas estes nos dão o dobro.

Os adultos não devem ser os únicos encarregados da arrumação, nem tampouco só as crianças, mas nós e eles, juntos. Se só nós arrumamos, a casa estará arrumada, sim; mas os pequenos não só não terão aprendido este valor como terão aprendido algo pior: que "os outros se encarregam de fazê-lo". Nós nos tornaremos empregados submissos de crianças mimadas.

*O aborrecimento é a doença dos que têm a alma vazia e a inteligência sem imaginação.*

 **FRASES CÉLEBRES**

– Com ordem e com tempo se encontra o segredo de fazer tudo, e de fazê-lo bem.
(Pitágoras, matemático grego)

– Não voltes a fazer o que já está feito. (Terêncio, comediógrafo latino)

– Não está em nenhum lugar o que está em todas as partes. (Sêneca, filósofo latino)

– Que em vossa casa cada coisa tenha seu lugar; cada negócio, seu tempo.
(Benjamin Franklin, político norte-americano)

# A mochila de Vitor

— Papai, venha aqui, por favor. Minha mochila é muito pequena; preciso de uma maior.

— Mas, Vitor, meu filho, como é possível que a mochila de seu irmão mais velho seja pequena para você?

— Olhe, papai, ela já está cheia e metade das coisas que eu quero levar para a colônia de férias ainda está fora dela.

— Vamos ver, Vitor; em que ordem você começou a encher a mochila?

— Como assim, papai? Em que ordem? Tem que ter ordem?

O pai de Vitor o fez esvaziar a mochila. O garoto havia posto um monte de roupa sem dobrar, vários objetos de qualquer modo; ficaram espaços vazios sem preencher, a lanterna funcionava como um mastro no interior e o saco de dormir ocupava meia mochila porque estava em posição vertical!

— Agora vamos colocar tudo de maneira ordenada, Vitor.

Não vamos contar como fizeram; todos nós podemos imaginar, e o resultado final é que houve espaço para tudo e ainda sobrou. O saco de dormir, enrolado bem apertado, horizontal, foi sobre a mochila, preso com as correias, que estão lá para isso!

— Era só uma questão de ordem, filho.

Para Vitor pareceu que, mais que uma questão de ordem, era um milagre.

— Papai, você é um gênio, de verdade, um gênio!

## NÃO HÁ ORDEM ONDE...

- As coisas se fazem "porque sim".
- Não se sabe dar a razão de nada.
- Não se pedem explicações, nem se pode dá-las.
- Dá preguiça buscar as causas. É melhor não perguntar.
- A improvisação é constante.

- As coisas são feitas quando se pode.
- A pontualidade não existe nem para começar nem para terminar.
- Dá no mesmo antes ou depois.
- A improvisação é a norma.
- Nem o relógio está na hora.

- As coisas não têm um lugar certo.
- Nunca se encontra o que se procura.
- Os letreiros não correspondem aos conteúdos.
- Começa-se pelo 5, vai-se para o 3, depois para o 1, termina-se no 2 e o 4 não existe.

# Atividades

ATÉ 7 ANOS

### A PERGUNTA FUNDAMENTAL

Para pôr ordem nas ideias, o método mais eficaz, sem que seja uma fórmula mágica, é propor-lhes este questionário para que adquiram o hábito de formulá-lo por si mesmos: por quê?

Não se trata tanto de acertar a resposta quanto de adquirir o costume de perguntar o porquê das decisões. Devemos ensinar-lhes na teoria, mas, sobretudo, na prática, a não ter medo de perguntar por que fazem o que fazem.

E perguntar tantas vezes quantas necessárias, até que sejam capazes de encontrar uma resposta coerente.

Pode ser uma razão aceitável se nosso filho responder "porque eu gosto", sempre que a pergunta admitir uma razão estética como justificativa. Seria tão injusto recusar motivos afetivos em questões de gosto como pedir motivos racionais para justificar escolhas estéticas.

## MAIS CINCO PERGUNTAS

*Diante dos projetos que nossos filhos estabelecem, também podemos ajudar-lhes a ordenar suas ideias se lhes sugerimos que tentem responder a certas circunstâncias que circundam inevitavelmente os acontecimentos da vida.*

| QUEM... | ONDE... | COM QUE... | COMO... | QUANDO... |
|---|---|---|---|---|
| ... lhe disse? | ... ouviu isso? | ... vai fazer isso? | ... fará isso? | ... começará? |
| ... lhe mandou? | ... poderá fazer isso? | ... dinheiro você conta? | ... terminará isso? | ... terminará? |
| ... o ajudará? | ... caberá isso? | ... meios? | ... desenhará isso? | ... lhe disseram? |
| ... lhe pagará? | ... guardará isso? | ... responderá a isso? | ... soube? | ... virá? |
| ... o levará? | ... procurará por isso? | ... o enfeitará? | ... disse? | ... fará? |
| ... é? | ... estava? | ... trabalham? | ... andava isso? | ... chegou? |

---

## USO DO RELÓGIO

*O uso correto e responsável do relógio é uma ação básica para pôr ordem no tempo. As crianças devem aprender a administrar seu tempo consultando seus relógios. Deve ser uma aprendizagem progressiva, e também neste aspecto devemos estar atentos a possíveis falhas. Se observarmos que esqueceram de consultar o relógio, só então deveremos intervir para reforçar este hábito.*

*Em muitos casos, deveremos marcar-lhes o tempo ("dentro de meia hora temos que sair de casa", "às oito e meia você vai para o banho"...), mas também é conveniente deixar que eles aprendam a gerir seu tempo e a realizar as previsões oportunas.*

ATÉ **12** ANOS

## O horário deve ser fixo e sujeito a revisões.

## UMA AGENDA MUITO ÚTIL

O uso da agenda constitui outra ajuda importante para a organização do tempo, especialmente durante o período escolar. Em primeiro lugar, é um sistema eficaz para que nossos filhos organizem o seu tempo; além disso, permite-nos supervisionar os compromissos que eles têm e como distribuem o tempo para cumpri-los. Devem chegar à conclusão de que os pais não exercem um controle fiscalizador, mas ajudam a que não se dispersem, somos "a memória da memória"; devem comprovar que são os primeiros beneficiados com a nossa intervenção.

## ORGANIZO O MEU ESPAÇO

Para que os nossos filhos possam organizar o seu espaço próprio e pessoal, é importante ressaltar a importância de:

• **Espaço físico suficiente.** Ainda que os espaços reduzidos também possam (e devam) ser mantidos em ordem, é claro que um espaço maior facilita a distribuição dos objetos e a rapidez em encontrá-los. De qualquer modo, sabemos que esta condição não é imprescindível nem, muitas vezes, possível.

• **Uso de arquivos.** Possibilitam classificar e guardar material escolar (folhas, fichas, exercícios, cadernos, resumos, apontamentos...) ou de computador (CDs). Também existem sistemas simples de classificar e guardar mídias de vídeo e de áudio. O costume de utilizar esse tipo de arquivo pode reduzir a desordem local e típica dos "domínios" infantis e juvenis da casa.

• **Roupa.** Podemos pedir aos nossos filhos que rotulem as caixas ou sacos onde guardam as roupas que não usam cotidianamente (trajes de banho, cachecol, meias de inverno, sandálias de praia, viseiras, gorros...) para evitar ter que abri-los à toa cada vez que procurarem uma peça específica, o que terminaria em bagunça. Um desenho divertido pode ser um excelente róulo.

• **Quarto ou cantinho pessoal.** De vez em quando, convém dar uma olhada na ordem do seu quarto ou do seu espaço pessoal; mas devemos fazer sempre com eles para que não pareça uma inspeção secreta para "pegá-los em flagrante". A finalidade dessa revisão não é recriminar a desordem, mas ajudar a melhorar a ordem; é assim que eles devem entender.

### SUGESTÃO

Será muito bom que certos lugares da casa sejam de responsabilidade dos filhos e que eles respondam pela ordem ou pela desordem do ambiente. Um lugar cuja responsabilidade lhes cabe, indiscutivelmente, é o seu quarto ou a parte que lhes cabe no quarto, caso ele seja compartilhado com mais alguém. É seu espaço privilegiado, sim; mas não seu espaço exclusivo.

# Sinceridade

## Sinceridade ou veracidade?

A sinceridade é a expressão externa do que interiormente pensamos ou sentimos; é a ausência de simulação, de hipocrisia. E a veracidade é a vontade de adequar nossa fala ao nosso pensamento; é a ausência de mentira.

Portanto, ambas as ideias se complementam: poderíamos dizer que a veracidade é a sinceridade nas palavras.

Aos humanos é fácil cair na mentira, na simulação, na aparência, na falsidade; como diz a antiga sabedoria: "todo homem é mentiroso". Entretanto, ainda que mentir seja fácil, ser mentiroso é difícil: "É mais fácil apanhar um mentiroso do que um coxo", diz um ditado.

Entretanto, o desejo de ser sincero não nos torna imunes aos erros. Nos equivocamos muitas vezes, apesar da nossa boa vontade. Tagore afirmava: "Se fechas a porta a todos os erros, deixarás a verdade de fora".

Devemos ensinar aos nossos filhos que sejam sinceros, verdadeiros, autênticos, apesar das dificuldades que isso acarreta.

## Dizer a verdade e viver em sociedade

**A** sinceridade ou veracidade é um valor social porque torna possível a convivência; e, mais, a convivência se baseia na suposição da veracidade. Se não acreditássemos na sinceridade das pessoas, a convivência não seria possível. Ainda que saibamos que podemos ser enganados, a vida social só é possível se pensarmos que nos dizem a verdade.

*Por isso, até que se prove o contrário, devemos supor que:*

- As setas das estradas indicam o caminho certo.
- O preço dos produtos na vitrine está correto.
- O ônibus nos levará aonde diz o letreiro.
- O dinheiro que nos dão é verdadeiro.
- As placas das ruas por onde passamos são autênticas.
- A informação que os professores e adultos dão aos nossos filhos é verdadeira.
- Os profissionais que treinam os jogadores de futebol ensinam as regras certas.
- O título e a resenha do livro correspondem ao seu conteúdo.

Não supor todas essas coisas seria viver em um mundo em que as relações sociais ficariam paralisadas, já que não valeria a pena dizer nem escutar nada.

## Ser verdadeiro é ser sincero ao falar.

## Não poderíamos viver na cidade das mentiras

**Q**uando pedimos informação a alguém, ou lemos um jornal, ou vemos notícias na televisão, devemos pôr em funcionamento nosso senso crítico mais elementar para evitarmos ser enganados.

De todo modo, ainda que saibamos que sempre é possível que nos enganem, também sabemos que não é provável que mintam; do mesmo modo que nossa casa pode desabar, mas não é provável que isso ocorra e, por isso, continuamos morando nela.

Graças a esta distinção tão importante, a sociedade continua existindo.

## Cuidado com a sinceridade

**F**requentemente comprovamos em escritos e declarações que o valor mais apreciado por muitas pessoas é a sinceridade. Afirmações tão amplas carecem de refinamento e, portanto, prestam-se a ser grandes mentiras ou grandes verdades. É preciso analisá-las com cuidado.

A sinceridade pode ser entendida como a manifestação externa e sem paliativos do que pensamos e queremos. Nesse sentido, há que se reconhecer que a sinceridade pode ser um obstáculo enorme para a convivência. Nós não podemos ser transparentes. Muito pelo contrário, devemos reservar aquelas ideias e aqueles sentimentos cuja exteriorização causaria uma ofensa gratuita aos que nos rodeiam. Nem podemos dizer tudo o que nos vêm à cabeça, nem podemos fazer tudo o que queremos. O autocontrole, ou seja, a capacidade de uma autorrepressão sadia, é necessário para viver em comunidade. Morder a língua e frear os próprios impulsos faz parte da civilização humana. Ser sincero é ser nobre, e não desavergonhado.

## Se nos enganam...

**Q**uando comprovamos que fomos enganados, ficamos chateados e nos tornamos mais cautelosos, mais precavidos, às vezes, inclusive, em excesso.

"A primeira vez que me enganas, a culpa é tua; mas a segunda, a culpa é minha", diz um ditado árabe.

É verdadeiramente difícil voltar a confiar em quem nos enganou uma única vez; pois, no fundo, estamos convencidos de que voltará a fazê-lo.

## Direito à verdade

**A** veracidade é tão importante que criamos o direito à verdade. Em certas circunstâncias, temos direito a que nos respondam com a verdade; assim, a mentira é uma injustiça, ou seja, uma violação ao direito à verdade.

A violação a este direito implica a obrigação de reparar a injustiça, ou seja, corrigir o erro a que induzimos a pessoa que nos pediu uma resposta verdadeira. Devemos "restituir" a verdade, como se tratasse de um roubo. Na educação de nossos filhos, não devemos esquecer este aspecto.

*Ninguém acredita num mentiroso, nem quando diz a verdade.*

# A roupa nova do imperador
## (Hans Christian Andersen)

Em um país distante, viveu há muitos anos um imperador que só pensava em usar roupas novas. Mudava de roupa a toda hora e tinha um modelo para cada ocasião.

Os alfaiates da cidade trabalhavam dia e noite para coser modelos diferentes. Diariamente, comerciantes do mundo todo visitavam-no oferecendo seus serviços.

Um dia, dois gatunos foram recebidos pelo imperador porque espalharam a notícia de que possuíam um tecido tão fino e extraordinário que só podia ser visto por quem era digno do cargo que ocupava; era invisível para os estúpidos e ineptos.

O imperador ficou maravilhado com a descoberta, e pensou que assim desmascararia os burros de seu reino e os indignos de ocupar postos importantes. Pediu que lhes confeccionassem um traje com esse maravilhoso tecido.

Os larápios pediram ouro antecipado várias vezes para comprar fios e teares. O imperador se impacientava, todo o reino sabia da notícia, e estavam ansiosos para ver a obra acabada.

Um dia, o imperador enviou seu primeiro-ministro, um homem que gozava de sua completa confiança, para ver como ia o trabalho. O homem não viu nada, mas se absteve de dar esta informação ao imperador para que não fosse tido como estúpido e incapaz de ocupar o seu cargo.

Dias mais tarde, o imperador foi pessoalmente à alfaiataria. Quando lhe mostraram a calça, a camisa, a casaca, o colete... ele não viu nada. Mas pensou: quem sabe eu não seja digno da confiança que o povo deposita em mim. Por isso calou-se, olhou-se no espelho, caminhou altivamente como se estivesse vestido com o melhor dos trajes, e pagou de novo aos alfaiates.

O dia escolhido para a estreia da maravilhosa vestimenta foi o do aniversário de sua ascenção ao trono. E assim foi feito; na véspera do desfile e da festa, os falsos alfaiates fizeram crer ao imperador que haviam trabalhado a noite toda: fingiam cortar tecido e costurar com agulhas sem linha... e, ao amanhecer, anunciaram:

— O traje está à disposição de Sua Majestade.

Quando o imperador entrou na alfaiataria, os dois impostores gesticulavam e falavam sem parar sobre as virtudes da vestimenta:

– Vossa Majestade já viu calça de tecido mais fino e precioso do que este? E a casaca, Majestade, carregada de ouro e pedras preciosas, mas leve como uma pluma... Quando vesti-las – acrescentou um deles –, vos sentireis como se estivesses nu.

– Ajudemos o rei a se vestir! – disseram em coro.

Desnudaram o imperador e vestiram o traje que ninguém via.

Iniciado o desfile, o imperador e seus pajens, que agiam como se levassem a cauda de uma imensa capa, desejavam que o povo não suspeitasse de que eram uns farsantes. Mas também o povo, receoso, gritava:

– Que lindo traje veste o nosso imperador! Como lhe caiu bem!

Mas, de repente, no meio da multidão, ouviu-se um grito e uma gargalhada:

– Ele não vestiu nada! Ele está nu! O imperador está nu! Ha, ha, ha... – gritava um menino.

Como ele não parava de gritar, todo o povo se contagiou e, sem medo, começou a repetir aos gritos as palavras da criança.

O imperador se sentiu enganado pelos trapaceiros, mas não mudou o passo, nem se alterou, e seguiu desfilando dignamente enquanto pensava em uma forma de castigar todos os que participaram daquela farsa.

# Os contravalores da sinceridade

A sinceridade não deve ser confundida com ingenuidade ou candura. O direito de exigir a verdade tem seus limites e devemos considerá-los.

A verdade não é um valor supremo em uma escala de valores. O amor ao próximo, o respeito à vida e à segurança estão acima da obrigação de dizer a verdade.

Portanto, devemos conscientizar nossos filhos das limitações do direito de exigir a verdade e, por conseguinte, das limitações da obrigação de dizê-la.

• **Não é qualquer pessoa que tem o direito de exigir a verdade.**
Isso ocorre quando alguém invade o direito à intimidade. Conforme a pessoa que formule uma determinada pergunta, indiscreta ou banal, pode-se responder como quiser. Por exemplo, posso calar-me ou não dizer a verdade se um estranho me pergunta onde moro, quem são meus pais, o que vou fazer amanhã. Entretanto, temos a obrigação de dizer a verdade se as perguntas forem feitas por familiares, amigos, médico ou psicólogo, professores, etc.

• **Deve-se proteger sempre o bem superior.**
Por exemplo, tenho a obrigação de não dizer a verdade a quem exige que eu revele onde minha mãe (diretora do colégio) guarda os exames finais; ou ao ladrão que quer saber onde estão os alarmes da minha casa. Estes exemplos correspondem ao "segredo natural" (obrigação de não difundir aquelas verdades que conheço, cuja divulgação poderia prejudicar alguém), mas também existe o "segredo profissional" (aquele que se confia em razão de uma profissão). Nossos filhos conhecem a existência deste tipo de segredo, pois sua divulgação na sociedade atual é comum.

Os pais devem ter as ideias claras a fim de transmiti-las corretamente, no momento adequado, com ações e palavras. Às vezes não é fácil, mas devemos fazê-lo para dar-lhes uma formação ética equilibrada e completa.

## FRASES CÉLEBRES

– Mentir é próprio dos escravos. (Apolônio, poeta grego)

– As palavras elegantes não são sinceras; as palavras sinceras não são elegantes. (Lao-Tsé, filósofo chinês)

– Platão é meu amigo, mas a verdade é mais. (Erasmo de Roterdã, humanista holandês)

– A verdade está a caminho e nada a deterá. (Émile Zola, escritor francês)

– Não existem meias verdades. (George Bernanos, escritor francês)

# Atividades

ATÉ 7 ANOS

A VERDADE É A VERDADE

*Reflexões ocasionais sobre fatos acontecidos em casa, na escola ou simplesmente conhecidos que permitam fazer alguma referência sobre a sinceridade, a veracidade, a mentira, guardar segredos...*

*Deve ser uma reflexão breve e oportuna, uma alusão à repercussão social da verdade e da mentira, que sempre será útil.*

### REFLEXÕES

• Se Júlio diz muitas mentiras, não podemos acreditar nele; nunca saberemos se diz a verdade.

• Imaginemos que o guarda nos diz que podemos atravessar a rua e isso não é verdade.

• Com as pessoas que dizem mentiras, nunca podemos ficar tranquilos; como não sabemos quando as dizem, sempre é possível que estejam nos enganando.

• Dizer que alguém é mentiroso é um dos insultos mais graves.

• Quem lhe conta um segredo é porque não sabe guardá-lo; não lhe conte nenhum.

*Quem usurpa a verdade deve repará-la.*

ATÉ **12** ANOS

## VEJAMOS CASOS REAIS

*Podemos partir de casos vividos ou tirados dos jornais e comentar com nossos filhos aqueles aspectos que possam gerar uma reflexão sobre a verdade e a mentira, as falsificações, as falsas aparências, a honradez, a reparação, etc.*

*Recordemos que nos casos reais "há que se condenar o pecado, não o pecador".*

*Podemos seguir estes passos:*

• *Ver detalhadamente o que aconteceu.*
• *Personalizar: vantagens e desvantagens que tal conduta teria sobre mim.*
• *Generalizar: "O que não queres para ti, não queiras para ninguém".*
• *Responsabilizar: "Quem faz, paga", aplicado à reparação do engano ou da mentira.*

### SUGESTÕES

Se folhearmos os jornais da semana encontraremos notícias mais que suficientes para refletirmos em torno destes temas: falsificações (dinheiro, roupas, documentos, objetos de valor), slogans (propaganda de remédios maravilhosos), fraudes, plágios, roubos, *doping*, espionagem industrial, violação de patentes...

Mas também podemos encontrar casos notáveis de honradez, de pessoas que foram consequentes com a palavra dada, que testemunharam apesar de possíveis prejuízos, que repararam informações erradas...

· · · · · · · · · · · · · · · · · · · · · · · · · · · · · · · · · · · · · · · · · · · · · · · · · · · · · · · · · · · · · · · · · · · · · · · ·

## POR QUE MENTIMOS?

*Podemos elaborar, oralmente ou por escrito, uma lista de ocasiões em que se pode mentir, e depois classificá-las segundo a finalidade ou o proveito que se pretende tirar delas.*

### PROPOSTA

Uma possível classificação seria:

• Por comodidade. (É o chato de sempre. Diga que não estou.)

• Por vaidade. (Eu pesquei uma truta deste tamanho!)

• Por covardia. (Juro que não fui eu!)

• Por inveja. (Meu pai vai comprar um mais potente!)

• Por interesse. (Compre aqui! É o lugar mais barato do mercado.)

# Confiança

## O que podemos entender por confiança?

Quando nos referimos à confiança nas pessoas, entendemos algo assim como "a tranquilidade diante de alguém que eu espero que se porte bem". Dito de outro modo, "a segurança que me dá o caráter, a capacidade, a boa-fé, a discrição... de alguém", entendendo que essa pessoa possa ser "eu mesmo".

Temos aqui esboçadas as duas vertentes da confiança; a confiança em si mesmo e a confiança nos outros.

Os pais devem favorecer ambos os aspectos nos seus filhos, já que dificilmente eles poderão ter confiança nos outros se não têm confiança suficiente em si mesmos.

*Confiança em si mesmo e confiança nos outros.*

## Por que é importante que tenhamos confiança?

**A** pessoa que confia em si mesma e nos demais:

• É mais tranquila.

• Relaciona-se melhor com os outros.

• Gosta de trabalhar em equipe.

• É capaz de empreender tarefas mais árduas.

• Aumenta sua capacidade ante a frustração.

• Considera os fracassos superáveis e instrutivos.

A autoestima é vital para o equilíbrio emocional, de tal modo que uma pessoa com baixa autoestima pode chegar a não ter identidade e rechaçar a si mesma, em maior ou menor grau.

Quem tem uma autoestima muito baixa tende a proteger-se levantando barreiras defensivas: são aqueles que estão sempre de mau humor, ou que se culpam ainda que não haja razão para isso, ou que têm um afã perfeccionista desmesurado e sempre estão pedindo desculpas.

## Como e quando educaremos na confiança?

**A** resposta básica sobre a maneira de educar neste valor é simples: devemos mostrar confiança em nossos filhos. Esta é a regra de ouro, mas há uma condição prévia: é preciso que tenhamos primeiro confiança em nós mesmos e nos demais.

Sobre quando educar, a resposta é: desde a mais tenra idade; a confiança é um valor que pode ser transmitido desde o berço.

*O que pensamos de nós mesmos nos faz felizes ou infelizes.*

# Para que os filhos adquiram confiança em si mesmos

| | |
|---|---|
| **SENTIR-SE SEGURO** | • Distinguir entre o bem e o mal para eles.<br>• Ter normas razoáveis que lhes sirvam de guia.<br>• Conhecer a conduta por onde se guiar.<br>• Oferecer critérios de atuação comuns ao pai e à mãe.<br>• Reforçar hábitos praticados e valorizados na família.<br>• Dar sentido positivo ao que lhes acontece na vida. |
| **SENTIR-SE CAPAZ** | • Propor-lhes objetivos adequados.<br>• Ressaltar e se alegrar com os êxitos de suas experiências.<br>• Fazê-los perceber que os mais velhos nem sempre alcançam seus objetivos.<br>• Ajudar-lhes a traçar objetivos.<br>• Elaborar estratégias para consegui-los.<br>• Não desanimar ante os fracassos e procurar soluções para eles. |
| **SENTIR-SE IMPORTANTE** | • Crer que podem conseguir o que planejam.<br>• Dispor do que necessitam para chegar a isso.<br>• Saber tomar decisões (e deixar que as tomem!).<br>• Saber solucionar problemas.<br>• Reconhecer e respeitar quando estão angustiados.<br>• Saber diferenciar as gratificações e os gostos. |
| **SENTIR-SE ÚNICO** | • Saber que podem fazer coisas que os outros não fazem.<br>• Sentir que são considerados pessoas especiais.<br>• Ser capazes de expressar-se como são.<br>• Desfrutar de que todo mundo seja diferente.<br>• Ter habilidades reconhecidas como especiais.<br>• Ter hobbies diferentes. |
| **SENTIR-SE ACOMPANHADO** | • Sentir-se amados pelo que são.<br>• Comprovar que se dedica tempo a eles e compartilhá-lo intensamente.<br>• Relacionar-se com outras pessoas de sua idade.<br>• Identificar-se com grupos concretos.<br>• Seguir de bom grado as normas do grupo.<br>• Orgulhar-se de pertencer ao grupo. |

# Um ambiente de confiança em casa

- Onde haja mais alegrias que tristeza.

- Onde se possa falar sobre tudo; não há temas proibidos nem tabus.

- Onde se respeite e valorize a opinião de todos.

- Onde as razões sejam instrumentos básicos de imposição mútua.

- Onde não haja dogmatismos gratuitos, mas convicções racionais sempre sujeitas a revisão.

- Onde jamais se diga: "Cale a boca!".

- Onde todos possam expressar opiniões, sem desqualificações.

- Onde todos possam se expressar e satisfazer seus gostos pessoais sem outras limitações que não as da convivência.

- Onde se reconheça, valorize e ressalte os pequenos êxitos e as boas intenções de cada um.

- Onde se julgam os fatos, não as pessoas.

- Onde primeiro se elogia e depois, se necessário, faz-se a correção necessária.

- Onde nunca se suponha má intenção em ninguém.

- Onde se conte com a participação insubstituível de cada membro da família.

*Satisfeitos com nossas qualidades, podemos tirar delas o máximo proveito.*

**FRASES CÉLEBRES**

– A sorte ajuda aos que se atrevem. (Terêncio, comediógrafo latino; Virgílio, poeta latino; Sêneca, filósofo latino)

– O homem vale tanto quanto o valor que dá a si próprio. (François Rabelais, escritor francês)

– Observei que os homens são tão felizes quanto se propuseram a sê-lo. (Abraham Lincoln, político norte-americano)

– A confiança em si mesmo é o primeiro segredo do êxito. (Ralph Waldo Emerson, filósofo norte-americano)

– É infinitamente mais bonito deixar-se enganar dez vezes do que perder uma só vez a confiança na humanidade. (Heinrich Zschokke, escritor suíço)

# O veado na fonte (Esopo)

Um veado sedento aproximou-se de uma fonte e, depois de ter matado a sede, contemplou a bela imagem refletida na água. Estava satisfeito com seus chifres, que eram enormes e retorcidos, mas estava descontente com suas patas, muito compridas e finas. Enquanto se olhava, apareceu um leão e começou a persegui-lo. O veado saiu correndo e tomou a dianteira. Enquanto a mata era aberta, ele correu mais que o leão e escapou ileso; mas, ao entrar no bosque fechado, seus chifres se enroscaram nos ramos, ele não pôde mais correr e o leão o alcançou. O veado, então, pôs-se a lamentar: "Pobre de mim, que acreditava não poder confiar nas minhas pernas, quando foram elas que me salvaram; os chifres, ao contrário, nos quais eu tanto confiava, me puseram nas garras do leão".

Frequentemente, no perigo, os amigos em quem não confiávamos são os que nos salvam.

# O apicultor (Esopo)

Um homem entrou na casa de um camponês quando este não estava e roubou-lhe todo o mel que suas abelhas haviam produzido. Ao voltar para casa, o camponês viu as colmeias vazias e foi olhar de perto o ocorrido. Nisso chegaram as abelhas e o atacaram ferozmente, causando-lhe muita dor. O apicultor lhes disse: "Animais miseráveis, vocês deixaram escapar o ladrão que lhes roubou o mel e ferroaram a mim, que cuido de vocês há tantos anos?".

Há pessoas que por ignorância não confiam nos amigos, pensando que eles lhe querem mal.

## COISAS QUE NÃO DEVEMOS DIZER NEM PENSAR

- Pode tentar, mas eu lhe aviso que não vai conseguir.
- Joãozinho, você é um desastre, não faz nada direito.
- Você vai se dar mal, como sempre.
- Nem tente; vai se dar mal com certeza.
- Não se pode confiar em você.
- Filha, você não presta para nada.
- Eu sabia que você ia fracassar; você não melhora nunca.
- Como posso confiar em você? Quando você vai aprender?
- Filho, como você é azarado!

## TAMPOUCO COMENTEMOS, NEM POR BRINCADEIRA

- Não confie nunca em ninguém; as pessoas só querem lhe enganar.
- Pense sempre o pior que você acerta.
- Se você não se cuidar, ninguém cuidará de você.
- Das pessoas, você só pode esperar traição.
- É melhor enganar do que ser enganado.
- Não confie... nem no seu pai.
- Todo mundo é mentiroso.

*Sei que tenho valor quando os outros me valorizam.*

# Atividades

**ATÉ 7 ANOS**

### A ESTRELA

*Temos que ter um número par de pessoas. Sentamos no chão, formamos um círculo e nos damos as mãos, com as pernas abertas e separadas e os braços quase esticados.*

*As pessoas pares se inclinam para a frente e as ímpares, para trás. Deve-se deixar cair o corpo para a frente e para trás suavemente, até conseguir o ponto de equilíbrio em que os dois grupos se sustentem mutuamente. Podemos alternar os que se inclinam para a frente e os que se inclinam para trás.*

#### COMENTÁRIO

*Depois de jogar "A estrela" por um tempo não muito longo, pode-se iniciar uma rodada de perguntas e respostas:*

### OBSERVAÇÃO

Qualquer jogo que consista em apoio físico mútuo fará com que adquiramos confiança nos que estão ao nosso redor: "Nós o sustentaremos; nós não o deixaremos cair; confie em nós; confie nos outros, você é muito importante para que o deixemos cair".

*a) Por que não caímos? Porque confiamos nos demais e eles, em nós.*

*b) Por que na vida cotidiana é tão difícil confiar nos outros? Não se trata de ocultar a realidade, mas de tentar melhorá-la.*

### INTENÇÃO

O objetivo é que os filhos comprovem que sabem fazer muitas coisas. Também comprovarão que outras coisas eles ainda não sabem fazer, mas com o tempo saberão. Na lista ao lado encontraremos alguns exemplos.

### SOU IMPORTANTE

*Podemos elaborar com nossos filhos uma lista de coisas que eles sabem fazer.*

*Em primeiro lugar, deixaremos que digam tudo que lhes vêm à mente para depois inserirmos nossas propostas.*

*Entre as propostas haverá muitas que já podem fazer e outras que ainda não.*

#### EXEMPLOS:

*Sei nadar.*
*Sei contar piadas.*
*Sei trabalhar no computador.*
*Sei andar de bicicleta.*
*Sei cuidar das plantas.*
*Sei varrer.*
*Sei montar um quebra-cabeça.*
*Sei amarrar os cadarços dos tênis.*
*Sei escrever o meu nome.*

## ATÉ 12 ANOS

### CARINHOS FORTUITOS

*Deixe por escrito, em lugares pessoais (debaixo da almofada, debaixo do prato, debaixo do guardanapo...), mensagens escritas em que se agradece um favor, reconhece um mérito, elogia um gesto, felicita por algo. Pode ser um bilhete carinhoso: "Joãozinho, queremos que saiba que papai e mamãe se sentem muito felizes com você", ou "Estamos orgulhosos de você". Pode-se sugerir que eles também possam tomar a iniciativa e fazer o mesmo.*

#### CUIDADO!

É evidente que não se pode banalizar esta atividade. Deve ser algo excepcional, ou melhor, inesperado, do contrário perderia a eficácia e poderia, inclusive, chegar a criar uma certa obrigação onerosa e contraproducente.

• • • • • • • • • • • • • • • • • • • • • • • • • • • • • • • • • • • • • • • • • • • • • • • • • • • •

### MEU CURRÍCULO

*Junto com nossos filhos, faremos o currículo deles.*

*Nessa idade eles já podem ter um currículo em que, além dos dados pessoais, constem todos os seus méritos (estudos realizados, quando e onde, algum diploma que tenham merecido, cursos que tenham realizado, países ou lugares importantes que tenham visitado, concursos de que tenham participado, hobbies notáveis que desenvolveram, museus e exposições que visitaram, esportes que praticam, algum troféu ou prêmio que tenham recebido, habilidades especiais...).*

#### SUGESTÕES

Lembremos que periodicamente este currículo deverá ser atualizado (por exemplo, ao término de um curso), ou sempre que algo interessante puder ser acrescentado.

Se ele for feito no computador, não esqueçamos de imprimir uma cópia atualizada para que nosso filho possa tê-la sempre à mão.

# Diálogo

*E o diálogo, o que é?*

Dito muito rapidamente, o diálogo é uma conversação entre duas ou mais pessoas, mas, se o considerarmos um valor para a convivência, devemos precisar mais esta definição. Assim, diálogo é:

• Quando trocamos ideias.

• Quando escutamos as razões do outro.

• Quando percebemos que não somos donos da verdade.

• Quando percebemos que nem todos pensam da mesma maneira.

• Quando estamos dispostos a mudar de opinião.

*Falando a gente se entende.*

## CONDIÇÕES PARA QUE HAJA DIÁLOGO

- Que tenhamos algo a dizer.
- Que queiramos compartilhar com outra pessoa.
- Que desejemos escutar.
- Que desejemos saber a verdade.
- Que estejamos dispostos a descobrir nossos erros.
- Que sejamos capazes de começar de novo.
- Que admitamos que nossos filhos podem ter razão.
- Que reconheçamos que nossos filhos podem ser tão inteligentes quanto nós.
- Que não confundamos autoridade com verdade.
- Que não acreditemos que reconhecer os erros é uma fraqueza.
- Que, apesar de tudo, continuemos acreditando que "falando a gente se entende".

## AONDE NOS LEVARÁ O DIÁLOGO?

**Certamente:**
A saber mais e melhor.
A melhorar nosso senso crítico.
A compreendermos melhor a nós mesmos
e ao próximo.
A sermos melhores.

**Seguramente:**
A acordos práticos.
À elaboração conjunta
de normas e projetos.
A melhorar a relação dentro de um grupo.
A obter melhores resultados
no trabalho comum.
A evitar muitos mal-entendidos e conflitos.
A resolver os conflitos que surgem.

## *O diálogo e outros valores*

Para que seja possível fomentar a capacidade de diálogo, as pessoas devem possuir um nível suficiente de confiança em si mesmas (autoestima); do contrário, lhes será muito difícil expor, justificar e defender suas ideias e pontos de vista diante dos demais.

Nenhuma destas duas atitudes torna possível o diálogo: não se valorizar suficientemente, ou não se atrever a expor o que pensa ou fazer isso com agressividade.

E também, para que seja possível fomentar a capacidade de diálogo, as pessoas devem possuir um nível mínimo de confiança uns nos outros; do contrário, será impossível escutá-las, valorizar suas ideias e pontos de vistas, e admitir a parcela de verdade que contêm.

Os que não confiam minimamente nos demais, creem que não vale a pena confiar-lhes suas ideias, ou acreditam que é melhor não escutar as ideias dos outros, ou creem ainda que tudo que dizem têm má intenção. Nenhuma destas três atitudes possibilita o diálogo.

## Além disso...

Para trocar opiniões, e tentar chegar a possíveis acordos, é preciso:

• **Respeito** para com as opiniões dos outros e seu direito de emiti-las e atuar em liberdade. Respeito também para com a pessoa que tem autoridade dentro do grupo (seja autoridade científica ou de decisão).

• **Liberdade** para expor nossos pontos de vista ao grupo sem tentar impô-los, mas procurar convencer com argumentos.

• **Sinceridade** para expressar sentimentos de agrado ou desagrado em relação às atitudes do grupo, fazendo uma crítica construtiva para chegar às melhores conclusões.

• **Valentia** para manifestar nobremente o desacordo pessoal com as ideias dos demais e aceitar as consequências desta postura.

*A persuasão é mais eficaz que a violência.*

## O diálogo e a autoridade dos pais

A decisão dos pais em temas de sua responsabilidade não se opõe ao diálogo sincero com os filhos. Na verdade, o diálogo deve esclarecer de quem é a responsabilidade última das decisões em casa (nem sempre e unicamente corresponde aos pais).

Devemos fazer com que os pequenos entendam que a autoridade dos pais em tomar decisões procura protegê-los de sua inexperiência, e não molestá-los; procura garantir sua liberdade, e não restringi-la.

Os pais, principalmente quando tomam uma decisão que contrarie os filhos, devem se esforçar para explicar suas razões da maneira mais compreensível possível.

A autoridade moral, diferentemente da autoridade legal, impõe-se:

• Pelo exemplo.

• Pelo prestígio.

• Pelo interesse.

• Pela razão.

• Pela compreensão.

• Pelo amor.

# O Vento e o Sol (Esopo)

O Vento e o Sol discutiam sobre a força. Apostaram que ganharia quem conseguisse tirar a roupa de um passante. O Vento começou e soprou com grande energia. Como o homem agarrava com força a sua roupa, ele soprou com mais violência.

Então o passante, atormentado pelo frio, pôs mais roupa por cima daquela; e o Vento, desfalecido, cedeu a vez ao Sol. Primeiramente, o Sol brilhou com moderação; mas, quando o homem ficou apenas com a roupa que estava antes, deixou cair raios mais ardentes, até que o passante não aguentou mais, tirou a roupa e foi se banhar no rio que havia ali perto.

Esta fábula demonstra que frequentemente a persuasão é mais eficaz que a violência.

# A autoridade razoável

## (Antoine de Saint-Exupéry)

O rei queria que sua autoridade fosse respeitada. Não tolerava a desobediência de modo algum. Era o monarca absoluto.

Mas, como era muito bom, dava ordens razoáveis: "Se eu mandar", ele dizia, "um general converter-se em ave marinha, o general não vai me obedecer, e a culpa não será do general; será minha".

"É preciso exigir de cada um o que ele pode dar. A autoridade descansa antes de tudo sobre a razão. Se mandas teu povo jogar-se ao mar, causarás uma revolta. Eu tenho o direito de exigir obediência porque minhas ordens são razoáveis. E exigirei. Mas com minha sabedoria de governo, esperarei até que as condições sejam favoráveis."

## *Os contravalores do diálogo*

Em um extremo, pode haver falta de diálogo por timidez, por inibição, por falta de interesse...; no polo oposto, pode se dar também excesso de diálogo por charlatanismo, por "falar por falar".

Não se tem diálogo se alguma das pessoas participantes adota uma atitude de:

• **Insolência.** Quem ofende por sua maneira de falar, que ataca as pessoas em vez de discutir as ideias, que deprecia em vez de valorizar.

• **Coação.** Quem se sente obrigado, contra a sua vontade, a dizer, admitir ou fazer algo; simplesmente por imposição alheia.

• **Desconfiança.** Quem teme, ao expressar sua opinião diante de um grupo, que façam mau uso dela, ou que a usem para prejudicá-lo.

• **Hipocrisia.** Quem se vê obrigado a simular a aceitação ou a recusa de uma ideia por medo de discordar do grupo e, consequentemente, poder ser desqualificado ou marginalizado.

Temos que adquirir as mínimas qualidades do diálogo; caso contrário, é possível que tenhamos um diálogo, mas será um "diálogo de surdos".

• Um fala e outro também, mas ao mesmo tempo!

• Um fala e o outro não escuta.

• Um fala e o outro diz a mesma coisa que ouviu (portanto, não escutou).

• Um fala e o outro está pensando somente no que vai dizer depois.

• Um fala e o outro pensa: "Ele não me fará mudar; já sei de antemão!".

• Um fala e o outro não.

• Um fala e o outro pensa: "Coitado! Como está enganado".

• Um fala e o outro pensa: "Como vou convencê-lo do contrário?".

• Um fala e outro pensa: "Acabe logo com isso".

## NA VIDA NEM TUDO É DIÁLOGO

- Há momentos de aprender em silêncio.
- Há momentos de "dialogar" consigo mesmo.
- Há momentos de obedecer.
- Há momentos de protestar.
- Há momentos de discordar conscientemente.
- Há momentos de aceitar a evidência e morder a língua sem ódio.
- Há momentos de se opor à injustiça.
- Há momentos em que a melhor defesa é a dúvida; e o silêncio, a melhor resposta.

## *Mas...*

Mesmo nestes casos, a atitude deve estar aberta ao diálogo, porque sua falta sempre nos prejudicará. Justamente por isso, devemos estar sempre dispostos a discutir racionalmente as nossas ideias, e buscar a todo momento uma solução possível por meio de um diálogo. Se todos cedemos, todos ganhamos.

## Para o bem e para o mal...

| PARA ENSINAR A DIALOGAR É PRECISO DIZER... | PARA ENSINAR A NÃO DIALOGAR DEVE-SE DIZER... |
|---|---|
| • Fala, fala!<br>• Estou lhe escutando (e... escutar).<br>• Em casa não há temas proibidos (e praticar isso).<br>• Eu creio que...<br>• É o meu ponto de vista, o que você acha?<br>• Faz tempo que fazemos assim, mas podemos mudar.<br>• Vamos discutir com argumentos.<br>• É possível que você me convença.<br>• Vamos pensar juntos.<br>• Nisto você tem razão.<br>• E... acreditar no que dizemos. | • Cale a boca!<br>• Escute-me! (e... não deixar o outro falar).<br>• Disto não se fala em casa (e praticá-lo).<br>• Isto é assim e ponto!<br>• Esta é a verdade e não se discute mais.<br>• Sempre se fez assim, não vamos mudar agora.<br>• Isto nem se discute; é assim e pronto.<br>• Sempre pensei desta forma, sempre.<br>• Já pensei sobre isso, certo?<br>• O que sabe você sobre isso?<br>• E... acreditar no que dizemos. |

*Para dialogar, as pessoas devem confiar umas nas outras.*

### FRASES CÉLEBRES

– Quem nos impede de dizer a verdade com um sorriso? (Horácio, poeta latino)

– Somos todos tão limitados que cremos sempre ter razão. (Johann Wolfgang von Goethe, escritor alemão)

– O que quer ter razão e fala sozinho, seguramente alcançará seu objetivo. (Johann W. Goethe, escritor alemão)

– A força bruta ainda pode ser tolerada, mas a razão bruta, de modo algum. (Oscar Wilde, escritor britânico)

# Atividades

## DIALOGUEMOS COM GESTOS

*Podemos pôr à prova a imaginação dos pequenos organizando sessões de mímica. Pode ser um jogo divertido se todos os membros da família participarem.*

*Eles aprenderão que podemos nos comunicar eficazmente mesmo sem usar palavras.*

*Uma vez que esta não é a forma habitual de falar, poremos em jogo mais criatividade e maior atenção.*

### SUGESTÕES

Podemos variar muito estes diálogos mudos. Por exemplo, expressar um desejo ou uma ordem que o outro deve cumprir, adivinhar o nome de um filme conhecido, de um programa de televisão, de um certo conto popular, de uma música, descrever um ofício, um instrumentista, um personagem popular, um sucesso recente...
Todos deverão adivinhar as mensagens silenciosas.

**Para dialogar, as pessoas devem ter confiança em si mesmas.**

## SENTIMENTOS SEM PALAVRAS

*Por meio dos gestos faciais, e também das mãos e do corpo em geral, expressamos sentimentos de satisfação, surpresa, enfado, interrogação, dúvida, perplexidade, malícia, raiva, medo, fome, sonho, desejo, despeito...*

*Podemos propor que a criança expresse um sentimento e os demais membros da família tentem interpretá-lo corretamente.*

*Quem acertar primeiro, continua a brincadeira.*

### OBSERVAÇÃO

Nós não dialogamos só com palavras! Frequentemente observamos duas ou mais pessoas que falam e gesticulam, mas a distância ou outro obstáculo não nos permite ouvir as suas palavras. Pode ser um exercício divertido imaginar o que estarão dizendo, os sentimentos que expressam, levando em conta só os elementos comunicativos que captamos.

**Sempre sentiremos a falta de diálogo com pesar.**

---

## COMPLETEMOS UM QUADRINHO

*A partir da fotocópia de uma página de história em quadrinhos em que apagamos metade dos diálogos dos balões, convidamos nossos filhos para completá-los.*

*Pedimos que expliquem o que escreveram, e nós faremos o mesmo.*

*Comprovaremos que há muitíssimas variações possíveis, e que todas são corretas, sempre que sigam certa lógica e tornem a história coerente.*

ATÉ **12** ANOS

### MUITO IMPORTANTE!

Podemos comparar esta gama de possibilidades "corretas" com a única resposta "correta" de uma operação aritmética. Assim, mostraremos a diferença entre a verdade científica, matemática, e as questões discutíveis, porque tratam de avaliações em que é muito difícil comprovar onde está a "verdade", dado que os pontos de vista pessoais exercem um papel determinante.

## A FRASE MISTERIOSA

*Trata-se de propor expressões relativamente simples, por exemplo: Boa tarde! Até logo! Claro! Não me conhece? Sabe quem sou eu? Agora, feche a porta. Não sabia? Concordo com você. O que acontecerá? Já terminei. Eu sabia. Muito obrigado...*

*Os demais devem interpretar o sentido que quer dar-lhes quem falou, segundo o tom e a modulação da voz. Veremos que podemos dar-lhes uma variedade enorme de matizes.*

*Uma certa prática aumentará notavelmente as possibilidades.*

**FINALIDADE:**

*Descobrir que uma pequena parte da informação nos vem por palavras, uma parte muito importante vem pela modulação da voz, e a maior parte nos chega pelos gestos.*

### SUGESTÃO

A fim de dar maior interesse a esta atividade, podemos prescindir do gesto ou incluí-lo. Deve-se levar em conta que sem gesticulação, os matizes ficam mais difíceis de expressar. Esta modalidade constituirá um desafio motivador.

# Tolerância

## Tolerar é suportar... e muito mais

Quando nos referimos a tolerar, podemos entender esta palavra no sentido "pobre" ou no sentido "rico":

• No sentido "pobre" (escasso, mínimo, precário, débil), significa suportar; ter paciência ante os erros e as falhas alheias; não agredir o que pensa diferente de nós; deixar em paz a pessoa que nos ofende; não nos irritarmos com a diferença... Quem dera todo mundo tivesse, pelo menos, esse tipo de tolerância!

• No sentido "rico" (pleno, profundo, forte), significa reconhecer o pluralismo; respeitar a diversidade, compartilhar as diferenças com os demais, como algo positivo, benéfico, enriquecedor...

Fica claro que no segundo sentido a tolerância não é a atitude do fraco, do paciente, do incapaz, do tímido, do pusilânime, do resignado, do impotente; nem tampouco do valentão, do pedante, do indiferente, do elitista, do "superior", do depreciativo...

Para expressarmos como se deve educar uma criança na tolerância, com palavras conclusivas e de valor universal, afirmaremos que: "A criança deve ser protegida contra as práticas que possam fomentar a discriminação racial, religiosa ou de qualquer outro tipo. Há de ser educada no espírito de compreensão, tolerância, amizade entre os povos, paz e fraternidade universal, e com plena consciência de que há de consagrar suas atitudes e energias a serviço de seus semelhantes" (Declaração Universal dos Direitos da Criança, ONU).

# Os sete cavaleiros das cores

Era uma vez, há muitos anos, o Reino das Cores, em que havia Sete Cavaleiros: o Vermelho, o Laranja, o Amarelo, o Verde, o Azul, o Anil e o Violeta. Todos eram valentes, ousados e orgulhosos de sua cor.

O Cavaleiro Vermelho dizia muito satisfeito:

— Minha cor é a mais bonita. Olhe o fogo, as cerejas e os morangos, e aquelas rosas vermelhas que parecem uma chama viva. A vida é vermelha como lábios para beijar.

O Cavaleiro Laranja replicava sempre:

— Sim, mas o vermelho é a cor do sangue, da guerra. Sem dúvida, é minha a cor das laranjas e das tangerinas, e das nuvens quando o sol se põe e o ar é morno. É uma cor suave, e inclusive parece que faz bem.

Em seguida se intrometia o Cavaleiro Amarelo:

— Que falsidade! Eu sim sou formoso: olhe o sol, o ouro, o mel e muitas das flores do campo. Até as folhas das árvores, no outono, são amarelas, como se tivessem inveja das flores.

Então, o Cavaleiro Verde começava a rir:

— Vamos, vamos! As folhas, no outono, amarelam porque estão prestes a morrer. Quando as plantas e as árvores estão fortes e jovens, suas folhas são verdes. Olhe os montes, as pradarias e os bosques. O mundo é verde quando está vivo.

Mas o Cavaleiro Azul gritava:

— Que disparate acabo de ouvir! Se de alguma cor é o mundo, essa cor é o azul. Olhe a imensidão do mar, os lagos e os rios. E o céu? Uma imensa bola azul, um espaço infinito de cor azul. Azul-marinho para a água e azul-celeste para o céu.

O Cavaleiro Anil, calado até então, dizia com agressividade:

— Mas de que cor são as montanhas quando as olhamos de longe, no meio da tarde, quando o sol se põe? Anil, como o vinho e a uva madura. E como as ameixas, as amoras e os figos, mais doces que mel. A cor anil é séria, solene, magnífica.

Para terminar, dizia o Cavaleiro Violeta:

— Vejamos; qual é a flor mais perfumada e delicada do bosque? Naturalmente, a violeta. E a cor de muitas pedras preciosas no coração da terra? A violeta é uma cor cheia de sentimento, de emoção; o céu no crepúsculo, o som de veludo que produz os violinos. Só o nome da violeta já é pura poesia.

E cada um deles passava horas diante do espelho contemplando os reflexos de sua cor, porque todos se achavam o melhor e só viam defeitos nos demais.

Um dia, o Rei Preto e Branco, que era o senhor do Reino das Cores, acompanhado da Rainha Rosa, chamou-os e disse:

— Amados e valentes Cavaleiros das Cores, começo a ficar um pouco farto de vossas brigas e de vossas vaidades. Eu, o Rei Preto e Branco, ordeno que de hoje em diante andem sempre juntos e não discutam por suas diferenças. É verdade que somos diferentes, mas... que aborrecido se todos fossem iguais!

E continuou:

— Logo será o casamento de minha filha, a princesa Rosa Branca, e quero decorar os portões do palácio com o enfeite mais lindo que jamais alguém viu. Deixo isso em suas mãos, Cavaleiros das Cores.

Cada Cavaleiro começou a pensar em como contentar o Rei, e só lhes ocorria enfeitar o palácio com um grande arco de sua própria cor. Na véspera do casamento, eles se reuniram e, quando cada um expôs a sua ideia, começou a mesma discussão de sempre. Então, o Rei Preto e Branco saiu de seu quarto e disse aos criados:

— Prendam esses Cavaleiros vaidosos e os mandem para onde eu não volte a vê-los nunca mais.

Obedecendo às ordens do Rei, os criados prenderam os Sete Cavaleiros das Cores, amarraram todos juntos, e os mandaram para além das nuvens. Oh, que maravilha! O que aconteceu então foi algo que ninguém podia imaginar. Ali, mais alto que as nuvens, formou-se o arco mais bonito e esplendoroso jamais havia visto: o arco-íris. Todos os Cavaleiros, cada um com sua cor, mas junto com os demais. No país inteiro, todos os olhos se voltavam para o céu, maravilhados:

— Oh, que arco de cores! Que cores tão diferentes, e que formosas todas juntas! Parece, ao mesmo tempo, uma chama ardente, uma cesta de laranjas, um raio de sol, um retalho de bosque, um gole de mar, um cacho de uva madura e o céu no crepúsculo; tudo ao mesmo tempo.
É fantástico!

# *A tolerância insuficiente, a tolerância e a intolerância*

| É TOLERANTE, MAS POUCO... | É REALMENTE TOLERANTE... | É REALMENTE INTOLERANTE... |
|---|---|---|
| • O que perdoa e dissimula os erros dos outros.<br>• O que não ataca os que pensam diferente dele.<br>• O que crê que faz parte da porção sadia da sociedade.<br>• O que pensa: "É uma pena que eles sejam como são".<br>• O que diz: "Como o ser humano é mau!".<br>• O que sonha com tempos e costumes de maior uniformidade.<br>• O que ensina a verdade aos demais.<br>• O que gosta de responder. | • O que tenta compreender os que, na sua opinião, estão equivocados.<br>• O que se aproxima dos que pensam diferente dele.<br>• O que crê que todo mundo tem virtudes e defeitos.<br>• O que pensa: "Por sorte, somos todos como somos".<br>• O que diz: "Como as pessoas são más".<br>• O que está convencido de que na variedade está o prazer.<br>• O que busca a verdade nos outros.<br>• O que gosta de perguntar. | • O que crê que sempre tem razão e que os outros estão errados.<br>• O que se alheia dos que pensam diferente.<br>• O que professa que há raças ou culturas superiores a outras.<br>• O que quer que todo mundo pense igual (igual a ele, claro).<br>• O que diz: "O único bom sou eu!".<br>• O que diz que há excessivas formas de pensar.<br>• O que crê que a liberdade é um mal.<br>• O que não quer escutar. |

### FRASES CÉLEBRES

– Todo mundo acha bonito o que é seu. (Cícero, filósofo romano)

– A tolerância é o respeito pela diferença através de nossa humanidade comum. (Boutros Boutros-Ghali, sexto secretário geral da Organização das Nações Unidas, ONU)

– A partir de hoje, na consciência e no comportamento de todos nós, a tolerância há de ser entendida no seu sentido forte: não se trata só da aceitação do outro na sua diferença, mas da orientação para o outro para conhecê-lo melhor e para que cada um se conheça melhor através do outro, para compartilhar com ele, para oferecer-lhe o gesto da fraternidade e da compaixão, porque os valores universais, que pertencem a todos, enriquecem-se com a especificidade preciosa de cada cultura e de cada língua e com a insubstituível criatividade de cada pessoa. (Federico Mayor Zaragoza, político espanhol e ex-diretor-geral da UNESCO)

# Atividades

**ATÉ 7 ANOS**

### FÁBULAS E CONTOS

Aproveitar a narração das fábulas e dos contos, como *Os Sete Cavaleiros das Cores*, para conversar com os filhos e extrair todo o sumo de tais narrações.

Nesse caso, podemos propor os seguintes pontos de partida para aproveitar ao máximo o relato:

- O que acontece na história?
- Que coisas vermelhas citava o Cavaleiro Vermelho?
- E que coisas azuis citava o Azul?...
- Como criticavam os outros Cavaleiros?
- Que defeitos encontravam?
- Por que discutiam entre eles?
- Em que tinham razão? E em que não tinham?
- Qual foi a solução para as suas brigas contínuas?
- Ocorre conosco o mesmo que com os Cavaleiros? Quando?
- No que as pessoas são diferentes?
- Alguma vez brigamos por causa das diferenças?
- As diferenças são boas ou más?
- Como conseguiremos que sejam boas?

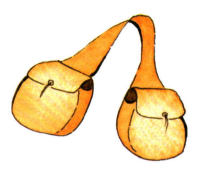

**AS BOLSAS**

"Quando Deus, em tempos remotos, modelou o homem, colocou-lhe no ombro duas bolsas, uma com os defeitos dos outros, outra com os defeitos dele mesmo; a bolsa com os defeitos alheios ele colocou na frente, e a outra, nas costas. Por isso enxergamos os defeitos alheios muito antes de enxergar os nossos."

Podemos explicar esta fábula de Esopo a propósito de uma pessoa intrometida que, cega para seus próprios defeitos, irrita-se com os defeitos dos outros.

• • • • • • • • • • • • • • • • • • • • • • • • • • • • • • • • • • • • • • • • • • • • • • • • • • • • • •

### SOMOS DIFERENTES

*Nós, os mais velhos, devemos ser os primeiros a praticar a aceitação positiva da diversidade, os primeiros a exercitar a não discriminação. Ela se manifestará se, na presença de nossos filhos, sentarmo-nos com naturalidade em um transporte público ao lado de pessoas de outra raça, pessoas com deficiências físicas ou psíquicas... ou ainda características não habituais, se as tratarmos com a mesma normalidade que às demais, pedirmos informações, dirigirmos-lhes a palavra ou um sorriso, cedermos o lugar, caso seja necessário...*

*Mas não façamos nenhum comentário posterior... Será o mais natural, não?*

### EU GOSTO, VOCÊ GOSTA

**Fase individual.** Cada membro da família escreve três coisas de que gosta de fazer e três de que não gosta.

**Fase familiar.** Tenta-se fazer o mesmo todos juntos.

**Fase final.** Comentar as dificuldades encontradas para chegar a um acordo.

A primeira finalidade desta atividade consiste em comprovar que todos somos diferentes, até mesmo nos menores detalhes; gostamos de coisas distintas.

A segunda é nos convencer da dificuldade em conciliar os gostos distintos. E a terceira é comprovar que, com esforço, podemos chegar a um acordo sobre algumas coisas.

*Que divertido é ser diferente!*

### IGUAIS E DIFERENTES

Cada membro da família pensa em três pessoas que conhece e de quem gosta muito. Em seguida, tenta encontrar três semelhanças e três diferenças entre ele e cada uma dessas pessoas.

É preciso refletir sobre isso, ver como conseguimos chegar a um acordo sobre o gosto, apesar das diferenças, e observar que as diferenças podem ser complementares e proveitosas para ambos.

---

**SUGESTÃO**

Pode-se acrescentar uma fase intermediária em que cada um procure encontrar semelhanças e diferenças das três pessoas entre si.

# Criatividade

## O que é a criatividade?

A criatividade é a capacidade de criar, de fazer algo a partir do nada. Ainda que este seja um atributo divino, naturalmente aqui não lhe damos esse sentido transcendente.

Nesse caso, damos-lhe um significado que se aproxima da:

• Capacidade de produzir uma coisa nova.

• Capacidade humana de conseguir resultados mentais de qualquer ordem, essencialmente novos e anteriormente desconhecidos.

• Capacidade de imaginar soluções novas para os problemas que nos são apresentados.

• Capacidade de surpreender aos demais com o inesperado e o imprevisível.

• Capacidade de obter novos produtos com elementos que outros descartaram.

• Capacidade de não se dar nunca por satisfeito com o que os outros já disseram ou fizeram.

• Capacidade pela qual uma pessoa ou um grupo elabora um produto novo e original, adaptado às condições e à finalidade da situação.

## Todos somos criativos

**A**inda que existam pessoas dotadas de grande criatividade, somos todos criativos em maior ou menor grau. Por isso, os educadores devem aproveitar e desenvolver a capacidade natural de criação das crianças.

Se os ensinarmos a cultivar este valor, estaremos lhes dando uma ferramenta de grande importância para o presente e para o futuro. A criatividade proporciona maior flexibilidade ante os problemas cotidianos, estímulo para a atividade e motivação eficaz para combater o tédio. A criatividade abre horizontes, faz a vida mais útil e mais bonita, tira a vulgaridade da experiência cotidiana, proporciona ilusão constante e nos dá grandes alegrias.

> *A criatividade abre horizontes, faz a vida mais útil e mais bonita.*

As pessoas muito criativas apresentam traços psicológicos que devemos levar em consideração:

• Gostam da complexidade; sua forma de ser é mais rebuscada.

• São mais independentes em seu julgamento; têm pontos de vista muito pessoais.

• Têm uma atitude crítica mais aguda; são menos "submissos" mentalmente.

• São mais dominantes; sua iniciativa os coloca adiante dos demais.

• São mais narcisistas; eles mesmos apreciam suas qualidades.

• Sua autoestima é boa; sabem como se sair bem ante os problemas.

• Adoram repensar conceitos e objetos: "E se...?", "Por que não...?".

• Têm iniciativa.

• Possuem capacidade de concentração e, às vezes, isso lhes confere um ar de "gênio distraído".

# A criatividade *versus* o tédio

Ficamos boquiabertos com os grandes inventores por sua inteligência, persistência e entusiasmo mas, sobretudo, por sua enorme criatividade: sabem ver o que os outros não viram ou ver de uma maneira que os outros não souberam captar.

Os inventores não estão nunca aborrecidos nem ociosos; a inquietude para encontrar novas formas artísticas, soluções técnicas inovadoras, respostas práticas a problemas novos... os mantêm em atividade mental e física constantes.

A criatividade é o oposto da monotonia, e ajuda a manter o espírito em tensão, tanto nas pessoas mais velhas como nas crianças e nos adolescentes. Quem possui capacidade criativa nunca se aborrece, sempre tem entre as mãos algo que fazer: projetos, ideias, experimentos, inventos... o que quer que seja; tudo menos vagabundear tediosamente.

*A criatividade é o oposto da monotonia.*

 **FRASES CÉLEBRES**

– A sorte ajuda aos que se atrevem; o preguiçoso estorva a si mesmo. (Sêneca, filósofo latino)

– Tentar não traz prejuízo; o que prejudica é o que não se tentou. (Máxima medieval)

– A liberdade é um sistema baseado na coragem. (Charles Péguy, escritor francês)

– O tédio nasceu da uniformidade. (Antoine Houdar de la Motte, escritor francês)

– A liberdade não está no fato de escolher entre o branco e o preto, mas sim em evadir-se desta eleição prescrita. (Theodor W. Adorno, filósofo alemão)

# Vamos quebrar padrões!

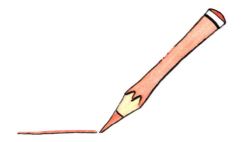

— Ana, José, vamos jogar uma coisa muito divertida!

— O que é, papai? Seus jogos são sempre divertidos; você tem muita imaginação.

— Vamos ver quem sabe unir com quatro retas, sem levantar o lápis e sem repassar a linha, os nove "X" que fiz neste papel.

José e Ana ficaram um longo tempo traçando linhas inutilmente; não conseguiam solucionar o problema. O pai sorria e os animava a encontrar a solução.

— Isto é impossível, papai. Não será uma pegadinha?

— Nada de pegadinhas. É preciso prestar atenção — disse o pai enquanto pegava o lápis. — Só será possível encontrar a solução se sairmos do quadro que construímos mentalmente. Devemos romper os limites que a nossa imaginação estabeleceu. Sigamos com um lápis a ordem dos números e... resolveremos o problema: é preciso sair do quadro!

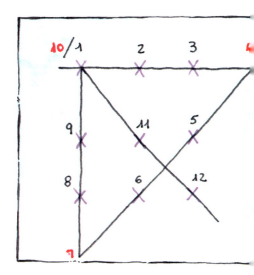

— Passamos duas vezes pelo ponto 1, mas não repassamos nenhuma linha nem levantamos o lápis.

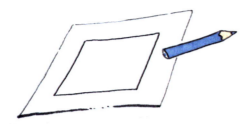

— Outro jogo, papai! Dessa vez nós vamos resolver, você vai ver.

— Bem, agora se trata de dividir este quadrado em quatro partes iguais, de tantas maneiras quantas seja possível. José, tenho certeza de que você encontra mais de cinco. Quem sabe dez ou mais!

Ana e José acham fácil: traçam duas linhas que se cruzam no centro, logo traçam as duas diagonais a partir dos quatro ângulos, três linhas verticais ou horizontais equidistantes...
e aí param...

De repente, Ana exclama:

— Quem disse que as linhas têm de ser retas? A solução está de novo em sair do esquema! Não é verdade, papai? Se fizermos entradas e saliências, curvas e linhas quebradas, nas diagonais ou nas demais linhas, encontraremos muitíssimas soluções.

— Excelente, crianças! Às vezes temos de quebrar padrões, tentar mudar o ponto de vista, rever as soluções de sempre, perguntar se poderia ser de outra forma, fazer um esforço para... sair do quadro que nós mesmos traçamos e que nos aprisiona. É preciso atrever-se a ser audacioso!

## Criatividade
## e falta de criatividade

**N**o diagrama abaixo resumem-se os valores que acompanham a criatividade:

Mas, muito cuidado! Certas atitudes dos educadores podem boicotar o valor da criatividade:

• **O conformismo.** Leva a fazer coisas como se tem costume de fazê-las, sem dar opção ao voo da imaginação para sair dos caminhos trilhados.

• **O autoritarismo.** Limita a liberdade de desenvolver a criatividade e anula a espontaneidade inerente a este valor.

• **O valor dos resultados imediatos.** Torna impossível o ensaio, já que este nem sempre consegue êxito nas primeiras tentativas.

• **O racionalismo excludente.** Não admite o que não está comprovado pela ciência ou pela experiência.

# Atividades

ATÉ 7 ANOS

## CHUVA DE IDEIAS

*Este é um jogo muito divertido para praticar com nossos filhos. Consiste em supor uma situação e deixar a imaginação fluir pelas possíveis propostas. Quanto mais, melhor. Podemos tomar nota de todas elas e obteremos uma lista francamente curiosa... e criativa.*

*Toda a família pode tomar parte no jogo. Com criatividade, pode-se sugerir um sem-fim de temas distintos.*

### SUGESTÕES

- Tudo que podemos fazer com 30 quilos de jornal.

- Soluções possíveis se um sapato arrebenta no meio de uma caminhada.

- Encontrar semelhanças entre um avião e uma escola.

- Negócios ou empresas que poderíamos criar para resolver problemas habituais das pessoas, como ajudar alguém preso no congestionamento a chegar ao aeroporto.

- Possíveis soluções para uma tarde chuvosa de um dia festivo.

- Disfarces que poderemos fabricar com os objetos que existem em casa, sem usar agulha ou linha de costura.

## O QUE SAIRÁ?

*Cada membro da família pega uma folha de papel em que foram desenhados umas poucas linhas, pontos, bolas, traços variados; uma dezena pode ser o número estabelecido.*

*Cada um completa o desenho, que deverá integrar todos os elementos que se encontram espalhados pela folha. Se todas as folhas contiverem os mesmos elementos, o jogo fica ainda mais divertido.*

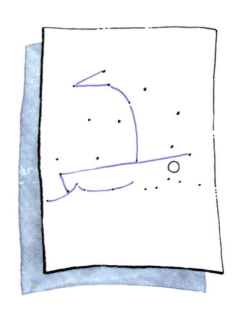

ATÉ **12** ANOS

### INVENTAMOS PALAVRAS

Ante a silhueta de uma montanha, a imagem de uma planta, as características físicas ou psicológicas do personagem de um filme, um objeto novo, um anúncio na rua ou na televisão, a forma de uma rua ou de uma casa... podemos inventar palavras para descrevê-los e escolher qual nos pareça a mais adequada, ou a mais brilhante, ou ainda a mais divertida.

#### OUTRA MODALIDADE

De modo inverso, dizemos uma palavra relativamente comum (mesa, casa, família, lâmpada, ponte, escola, oficina...) e tentamos defini-la de modo que esta descrição não se confunda com outro conceito possível.

### LIPOGRAMAS

Trata-se de propor aos filhos (podemos participar com eles) que formulem frases em que só apareça uma vogal ou não apareçam determinadas letras.

Este jogo admite muitas variações: só com duas vogais, com três vogais, com cinco consoantes, etc.

Devemos lembrar que só com a vogal A podemos construir frases relativamente grandes. Mesmo assim, a ausência de certas consoantes nos cria problemas especiais.

Também podemos propor que componham frases só com monossílabos ou dissílabos, ou, ao contrário, em que não apareçam monossílabos.

Todos os jogos de palavras exigem um grande esforço imaginativo. Por exemplo, buscar palavras que são iguais, lidas de trás para a frente ou vice-versa (salas, ala, raiar), ou pares de palavras simétricas (arroz-zorra, saco-ocas).

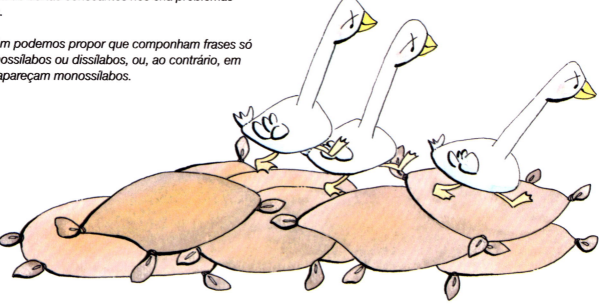

# Cooperação

*Cooperar, colaborar, contribuir*

Cooperar e todos os conceitos relacionados implicam trabalhar junto, empurrar todos na mesma direção, caminhar juntos, tomar parte com outros para conseguir um objetivo comum.

Com este valor visamos favorecer o outro, uma vez que entendemos que uma pessoa coopera com as demais quando há reciprocidade, já que, se esta não existisse, estaríamos falando apenas de ajuda.

Ajudar tem uma só direção: um ajuda e o outro é ajudado.

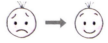

Cooperar tem sempre uma dupla direção: eu ajudo os outros, e eles me ajudam.

Quer dizer, todos nos ajudamos mutuamente.

Resumindo, eu beneficio os outros, e os outros me beneficiam. Assim, todos saímos ganhando.

## Cooperar é fácil e difícil ao mesmo tempo

Desde muito pequenos, nossos filhos começam a cooperar em casa, na creche ou no maternal, já que sabem que têm que dividir o material para deixar de "jogar ao lado do outro" e passar a "jogar com o outro".

Sem dúvida, os esforços dos pais e dos educadores são fundamentais para que o hábito se desenvolva corretamente, já que o processo de aprendizagem da cooperação é longo e custoso: por um lado, o ser humano tem uma tendência inata à socialização; mas, por outro, também tende a mostrar-se não solidário e egocêntrico com grande frequência, porque o egoísmo é uma vertente da natureza humana.

Por isso, tanto nós como aqueles a quem queremos educar oscilam (oscilamos!) entre estes dois polos: a "sociedade" e o "egoísmo". De todo modo, ambos têm sua razão de ser:

• **Necessitamos dos demais para subsistir (sociedade).** Desde que nascemos, necessitamos de um vínculo, ainda que débil, que nos conecte com a cultura humana e nos transmita o legado de milhares de anos de humanidade. Podemos afirmar, sem medo de errar, que "nos tornamos humanos por imitação".

• **Necessitamos do "egoísmo" para subsistir entre os demais (egoísmo).** O egoísmo bem entendido consiste em cuidar de nós mesmos e nos proteger adequadamente para não ficarmos à mercê de qualquer um. Há que se compreender que o amor para com o próximo começa em nós mesmos. A atitude de cooperação implica admitir a individualidade de si mesmo e dos outros para, depois, podermos nos comunicar com eles, influenciar e deixar-se influenciar, ajudar e deixar-se ajudar.

Em qualquer caso, sempre devemos nos alegrar com a atitude cooperadora de nossos filhos e sublinhar com a nossa aprovação e o apoio prático tais atitudes, mesmo que sejam mínimas e que não estejam isentas de um certo egoísmo natural.

### Cooperar é trabalhar junto.

## Algumas observações sobre o valor da cooperação

• Não devemos exigir de nossos filhos um grau de cooperação maior do que exigimos de nós mesmos. Afinal, é natural que eles sejam mais imaturos e, portanto, mais egocêntricos e infantis que nós.

• Isso não significa que devemos deixar de pedir cooperação aos nossos filhos, e sim compreender as suas limitações (simplesmente comparando-as com as nossas).

• Nosso processo deve ser pedir cooperação, compreender o egoísmo... e então voltar a pedir cooperação. Isso quer dizer que temos de pedir 100, ficar contentes se nos dão 20, mas voltar a pedir 100.

• A melhor maneira de ensinar o valor da cooperação é cooperar. Nossos filhos pedem a nossa colaboração não apenas por palavras; seus silêncios, seus gestos ou sua simples presença podem ser um convite para que trabalhem juntos. Cooperando aprendemos a cooperar. O esforço compartilhado suaviza o trabalho, tornando-o mais leve e até alegre.

*Os seres humanos necessitam da sociedade.*

### FRASES CÉLEBRES

– Ai de quem está só! (Máxima antiga)

– Com a concórdia crescem as coisas pequenas; com a discórdia desabam as maiores.
(Salústio, historiador romano)

– O homem é um animal social.
(Baruch de Spinoza, filósofo holandês)

– Ninguém é uma ilha por si mesmo; todos somos parte do continente. (John Donne, poeta inglês)

# Os filhos de um lavrador que brigavam *(Esopo)*

Os filhos de um lavrador brigavam. O lavrador, uma vez que já os havia castigado e não havia conseguido que mudassem de atitude, compreendeu que teria de propor algo diferente. Disse-lhes, pois, que trouxessem um maço de varas e, quando haviam cumprido a tarefa, deu-lhes primeiro as varas juntas e mandou que as partissem. Como, por mais que se esforçassem, eles não conseguiam, o pai desamarrou o feixe e foi dando as varas uma por uma. Então as partiram no mesmo instante, e o lavrador lhes disse: "Assim, meus filhos, se viverem em concórdia, jamais serão dominados pelos adversários; mas se viverem brigando, serão vencidos facilmente".

Esta fábula nos ensina que tão forte é a união como fácil é vencer a discórdia.

# O leão e a rata agradecida *(Esopo)*

Um leão dormia, e uma rata se pôs a correr sobre o seu corpo. O leão acordou e agarrou-a, disposto a devorá-la; mas a rata suplicou que a soltasse, dizendo que, se ele lhe poupasse a vida, ela saberia corresponder-lhe. O leão deu risada e a soltou.

Pouco tempo depois, o leão se salvou graças à atitude da rata. Caçadores o haviam capturado e amarrado com uma corda a uma árvore. A rata, ao ouvir seus gemidos, correu ao seu encontro, roeu a corda e o libertou. Então a rata lhe disse: "Há pouco tempo você riu de mim porque não esperava agradecimento algum de minha parte; mas agora já sabe que entre as ratas também há gratidão".

Esta fábula manifesta que na adversidade os mais poderosos têm necessidade dos mais fracos.

## Salva-vidas ou equipe?
## Egoísmo ou cooperação?

**C**om nossas condutas e, de vez em quando, com nossas palavras, devemos ensinar a nossos filhos que não devem considerar os outros como coletes "salva-vidas", mas aprender a vê-los como sua "equipe", porque:

| COM O COLETE SALVA-VIDAS... | EM EQUIPE... |
|---|---|
| • Tiro proveito pessoal dele.<br>• Se eu tenho, o outro não pode ter.<br>• Eu o exijo aos demais.<br>• Quando eu tenho, não preciso mais dos outros.<br>• Eu sou o chefe.<br>• Se não me dão, a culpa é dos outros.<br>• Posso salvar-me ainda que todos pereçam.<br>• Apesar de tê-lo, posso ficar só no meio do oceano.<br>• Nunca me ajudará a nadar nem me animará a fazê-lo.<br>• O bom é que nunca me ocorrerá prescindir dele.<br>• Tem em comum com a equipe... que é imprescindível! | • Trabalho para o bem de todos.<br>• Quanto mais eu tenha, mas terá a equipe.<br>• Todos nos exigimos uns aos outros.<br>• Nunca posso prescindir dos demais componentes da equipe.<br>• É possível que outro dirija o grupo.<br>• Se não triunfamos, é muito difícil que apenas um seja o culpado.<br>• Jamais ganho nem perco sozinho; ganhamos ou perdemos todos.<br>• Nunca ficarei sozinho, sempre tenho a equipe comigo.<br>• Eles me ajudarão nos momentos difíceis e me animarão.<br>• O mau é que é possível que um dia eu queira sair dela.<br>• Tem em comum com o salva-vidas... que é imprescindível! |

*Peçamos cooperação
e compreendamos o egoísmo.*

# Atividades

**ATÉ 7 ANOS**

### JOGOS DE COOPERAÇÃO

Há muitas possibilidades de realizar em casa, com os amigos, em uma festa familiar... jogos que, por sua natureza, pedem a colaboração de várias pessoas.

Não é preciso muita gente, mas sim a cooperação dos jogadores.

Os quebra-cabeças são bons exemplos de jogos em que o trabalho em equipe é simples e divertido, ainda que também se possa jogar individualmente.

> **OBSERVAÇÃO**
>
> Com isso não queremos de modo algum excluir outros jogos de tabuleiro, alguns dos quais podem ser muito competitivos (por exemplo, o Ludo), mas trata-se de:
>
> • Favorecer, propor e ressaltar o valor dos jogos cooperativos.
>
> • Destacar os aspectos positivos dos jogos competitivos (estímulo, respeito às regras, aceitação da derrota, superação do desânimo, influência da sorte...) e suavizar os possíveis brotos de rivalidade hostil que possam surgir.

> **OBSERVAÇÕES**
>
> Podemos também derivar pelos ramos que nos apeteçam, como ligar com o valor da solidariedade, já que cooperação e solidariedade são valores similares.

### APENAS UMA CANETA ESFEROGRÁFICA

Ante objetos aparentemente simples como uma caneta esferográfica, um canudo, uma cadeira, um ladrilho ou um lápis, podemos elaborar uma lista de pessoas que tornaram possível que agora tenhamos em nossas mãos esse objeto.

Se fizermos a prova, ficaremos surpresos com algo que talvez nunca tenhamos pensado.

Se escolhermos uma caneta como exemplo, podemos anotar em um papel: os pais dos professores dos engenheiros que desenharam as máquinas que construíram os veículos que transportaram as matérias-primas; os químicos que inventaram as tintas com que se imprimiram as instruções de montagem; os pastores que cuidaram das ovelhas que produziram lã para fabricar os uniformes dos policiais que facilitaram que este produto chegasse de uma parte à outra; os desenhistas que desenharam os móveis das entidades financeiras desses negócios; e assim até onde quisermos...

### FRASES CORTADAS

Tomamos quatro ou cinco frases escritas em um papel, ou, melhor ainda, em uma cartolina, e as cortamos em pedaços (não tem importância se cada pedaço contiver somente uma palavra), misturamos e os distribuímos ao acaso entre os membros da família.

Todos os fragmentos ficarão à vista dos demais.

Trata-se de que, em rigoroso silêncio, cada um tente construir frases corretas de maneira que ao final não sobre nem falte nenhum pedaço. Só podemos pedir com gestos pedaços de frases que nos pareçam necessários. Nunca ninguém poderá ficar sem um fragmento de frase.

### OBSERVAÇÕES

Devemos recortar pelo menos tantas frases quantos jogadores tivermos, para que cada jogador possa construir pelo menos uma frase.

Podemos fazer o mesmo com desenhos recortados para recompor uma imagem; por exemplo, uma página de jornal em que não haja texto, mas um grande anúncio, ou uma folha totalmente ilustrada.

### FRASES POSSÍVEIS

• Quando você me ajuda, eu ajudo você.

• Quando alguém quer trabalhar sozinho, pode ser que lhe falte ânimo.

• O que não acontece a um, acontece ao outro.

• Nem todos temos as mesmas qualidades; juntos teremos muitas.

• Temos a sorte de poder trabalhar com os outros.

**Os mais poderosos têm necessidade dos mais fracos.**

# Compaixão

## Compadecer significa sentir com o outro

Normalmente se entende por compaixão o sentimento de ternura e pena que alguém tem ante o sofrimento ou a dor do próximo. Aqui vamos tomar este valor num sentido mais amplo e interpretá-lo como a capacidade de pôr nossos sentimentos em consonância com os sentimentos do outro.

Paulo de Tarso (São Paulo, no cristianismo) afirmava que a compaixão é "rir com os que riem e chorar com os que choram", ligando o valor da compaixão à ideia de compartilhar.

Neste sentido, compadecemos quando os estados emocionais dos outros ressoam de tal forma no nosso interior que, de alguma maneira, também nós os experimentamos. E dizemos "de alguma maneira" porque uma identificação total é impossível; nossa individualidade dificulta que consigamos assumir como próprios os sentimentos e as vivências dos outros.

De todo modo, temos que ensinar nossos filhos a sentir, na medida do possível, os estados de ânimo alheios como se fossem próprios. Isso os ajudará a manter uma boa relação afetiva com as pessoas que os rodeiam ao longo de suas vidas.

## *O processo de aprender a compaixão*

• **PRIMEIRO PASSO: conhecer as próprias emoções.**
A educação da compaixão começa quando as crianças aprendem a reconhecer os próprios sentimentos. Primeiro devem dar-se conta das variações de seu estado de ânimo e tomar consciência deles, para depois nomear os diferentes sentimentos e entender por que eles apareceram.

| NÃO SE TRATA DE... | MAS DE... |
|---|---|
| • Ficar irritado. | • Saber que está irritado. |
| • Ficar contente. | • Saber que está contente. |
| • Ficar furioso. | • Saber que está furioso. |
| • Ficar de bom humor. | • Saber que está de bom humor. |
| • **Ficar...** | • **Saber que está...** |

Todo mundo sente, mas nem todo mundo é capaz de saber que sente, nem o que sente. Sem este primeiro passo, será muito difícil fazer com que as crianças cheguem a captar os sentimentos dos outros.

• **SEGUNDO PASSO: controlar nossas emoções.**
Daniel Goleman, o divulgador da Inteligência Emocional, afirma que "talvez não exista habilidade psicológica mais importante do que a de resistir ao impulso".

Nossos filhos podem ter pouca capacidade para esperar pela realização dos seus desejos. O imediatismo e a urgência estão implícitos nas suas demandas. "Ordenei, e espero que esteja pronto" parece ser sua frase preferida.

Devemos acostumá-los a controlar a impulsividade de seus desejos para que saibam que nem tudo pode ser "dito e feito", mas que muitas vezes é preciso resistir aos impulsos.

É fato comprovado que crianças que desde a primeira infância sabem controlar a urgência de seus desejos e caprichos, quando crescem, são muito mais aptas a um bom relacionamento social.

• **TERCEIRO PASSO: motivar-se.**
Motivar-se significa descobrir o interesse pelas coisas, ou seja, despertar a curiosidade sadia e não ficar mergulhado na passividade.

Ainda que pareça difícil, devemos nos motivar com frases do tipo:

• Posso fazer melhor.

• Posso conseguir mais.

• Isso também eu saberei fazer.

• Eu tentarei.

• O *não* eu já conheço; vou tentar o *sim*.

Devemos transmitir aos nossos filhos que, com uma atitude mental negativa ("não há nada a ser feito"), não se consegue nada; já com uma atitude mental positiva ("conseguirei"), seguramente se consegue algo.

• **QUARTO PASSO: reconhecer as emoções alheias.**
Enquanto a compaixão é uma palavra de origem latina, simpatia é de origem grega; entretanto, ambas têm o mesmo significado: suportar com o outro, experimentar a mesma emoção que o outro, sentir o mesmo que o outro sente.

Atualmente, há uma palavra parecida com estas duas que se ouve muito: empatia, e que também comporta a ideia de pôr-se na pele do outro para sentir com ele.

Para explicar este valor aos nossos filhos, podemos lhes dizer que devem tentar enxergar o ponto de vista do outro, observar suas reações e captar suas emoções, para poder entender seus sentimentos e suas paixões.

*"Rir com os que riem e chorar com os que choram."*

• **QUINTO PASSO: controlar as relações com os outros.**
O último passo no caminho para a compaixão consiste em adequar nossos atos às necessidades dos outros, ou seja, conseguir que nossas palavras e ações correspondam às situações pessoais que os outros estão vivendo.

Se conhecemos nossos sentimentos e controlamos sua expressão externa; se somos capazes de ter interesse pelas pessoas e pelas coisas; se estamos alertas aos sentimentos dos demais e adequamos nossas ações a eles, seremos compassivos e poderemos prestar-lhes a ajuda moral ou física de que precisem.

# O velho e a estrela

Era uma vez um venerável ermitão que vivia numa caverna em uma montanha. Durante todo o dia não provava nem um gole de água; somente ao anoitecer ele acalmava a sua sede. Quando chegava a noite, via resplandecer com um fulgor especial uma estrela no firmamento; eram os deuses que aprovavam sua moderação.

Certo dia, um rapaz pediu para viver com ele da mesma forma. O ancião o aceitou. No dia seguinte, os dois foram buscar água no riacho que corria no fundo do vale. O velho ermitão não bebeu a água cristalina; o rapaz tampouco: queria imitá-lo em tudo.

Subiram a encosta da montanha; o calor era intenso e arfavam de cansaço. O rapaz olhava para ele com os lábios ressecados e seus olhos pediam para tomar pelo menos um gole da jarra que levava no ombro. Sentaram-se à beira do caminho para descansar.

O velho pensava: "Se eu não beber, o rapaz também não beberá; mas se eu beber, esta noite não verei a estrela". Que mar de dúvidas no coração do ermitão! Por fim, ao descansar de novo, o velho, compadecido da sede do rapaz, pegou a jarra, aproximou-a dos lábios e bebeu. Como brilharam os olhos do rapaz!

— Posso beber também?

— Sim, rapaz. Se eu bebi, você também pode beber.

Ao anoitecer, o ancião não se atrevia a levantar os olhos para o céu, porque pensava que os deuses lhe ocultariam a estrela. Todavia, quando finalmente levantou os olhos, viu que naquela noite, na abóbada celeste, brilhavam duas estrelas.

# Carícias compartilhadas

## (Rabindranath Tagore)

Um dia eu vi um bebê sem roupas deitado sobre a relva.

Sua irmã estava na beira do rio, esfregando um jarro com um punhado de areia, sem cessar.

Perto dali, um cordeiro de suave lã pastava seguindo o rio. O cordeiro se aproximou da criança e, de repente, baliu estrondosamente.

A criança estremeceu e começou a gritar.

A irmã abandonou sua tarefa e correu para ele.

Abraçou seu irmãozinho com um braço e o cordeiro com o outro e, dividindo as suas carícias, uniu, no mesmo laço de ternura, o filho do homem e o filho da besta.

**Conhecer as emoções próprias para depois conhecer as emoções alheias.**

## NEM TUDO É COMPAIXÃO, AINDA QUE ASSIM PAREÇA

- A compaixão não é debilidade sentimental.
- A compaixão não é chorar ante os dramas da televisão... e ficar indiferente aos dramas da realidade.
- A compaixão não é dizer "coitado!...", mas fazer com que haja menos infelizes.
- A compaixão não pode parar no "sentir", ela deve chegar ao "agir".
- A compaixão não começa olhando os outros, começa olhando a si mesmo.
- A compaixão não é compaixão se não está enraizada na esperança.
- A compaixão pode ser cega, pode ser muda, mas não deve ser inválida.
- A compaixão não é compaixão se não passa à ação.

### FRASES CÉLEBRES

– Uma companhia pode ser alívio para as misérias. (Miguel de Cervantes, escritor espanhol)

– É uma felicidade poder amar; ainda que só um ame. (Théophile Gautier, escritor francês)

– Sua consciência significa precisamente "os outros dentro de você". (Luigi Pirandello, escritor italiano)

– Há um único heroísmo: ver o mundo tal como é e amá-lo. (Romain Rolland, escritor francês)

# Atividades

**ATÉ 7 ANOS**

### COMO ESTOU?

Quando observamos um estado de ânimo novo em nosso filho, devemos lhe perguntar como se sente, não tanto por curiosidade, mas para que seja capaz de captar e exteriorizar seu estado emocional.

No processo de aprendizagem deste valor, já se destacou a importância da tomada de consciência dos próprios estados emocionais.

> **SUGESTÃO**
>
> Ajude a criança a expressar em palavras seu estado anímico. Nem sempre é fácil, sobretudo se não temos esse hábito.

### OS SENTIMENTOS DOS OUTROS

Se junto com nossos filhos assistimos a um filme no cinema ou na televisão, podemos eventualmente fazê-lo dar-se conta dos diferentes estados de ânimo dos personagens que aparecem e dar-lhes um nome.

Quanto maior seja a criança, mais matizes podem ser captados e expressos.

> **OBSERVAÇÃO**
>
> Os closes e as imagens em primeiro plano que o cinema nos oferece permitem uma aproximação perfeita dos atores para observar aqueles gestos faciais ou posturais que traduzem seus sentimentos mais sutis.
>
> O cinema procura nos oferecer os planos que revelam as emoções dos diferentes personagens e vale a pena aproveitar.

ATÉ 12 ANOS

## OBSERVO A TAREFA DOS VOLUNTÁRIOS

*Não podemos pretender que nessa idade nossos filhos contraiam compromissos em organizações de voluntariado social.*

*Entretanto, eles devem testemunhar o compromisso dos mais velhos como a melhor iniciação no valor da compaixão efetiva.*

*As crianças devem nos acompanhar com naturalidade nas atividades de voluntariado que realizemos. Neste valor serão inúteis as reflexões teóricas, se vierem desligadas do testemunho pessoal.*

### PRECISÃO

Entendemos por voluntariado o coletivo de pessoas que dedicam, desinteressadamente, parte do seu tempo à comunidade para melhorar sua qualidade de vida, naqueles âmbitos em que a administração ou as empresas privadas não os cobrem eficazmente.

*A compaixão é o fundamento e a expressão da solidariedade.*

# Generosidade

## A generosidade na atualidade

Vivemos em um mundo invadido pelo mercantilismo. Compramos e vendemos; damos para que nos deem; pagamos e cobramos; pedimos justiça pondo preço no que nunca deveria ter. Vendemos nosso trabalho, alugamos nossas atitudes, permutamos nossos esforços, arrendamos nosso tempo. Não damos nada gratuitamente e, sobretudo, não nos damos em troca de nada.

Chegou inclusive o tempo em que os presentes se convertem em obrigação: devemos dar um presente, exigem-nos isso.

Perdemos o sentido do gratuito? Sem ele, não podemos ser generosos.

*É melhor dar-se em vez de dar.*

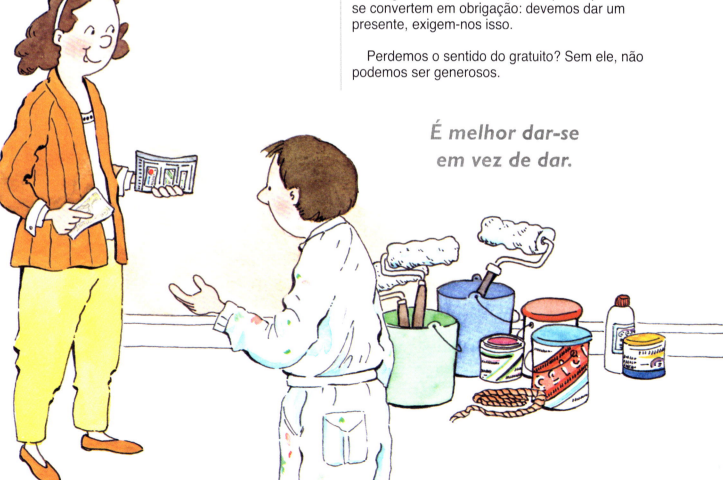

## Ser generoso é dar o tempo

O tempo, como a água, é um bem abundante e escasso ao mesmo tempo. É abundante porque temos milhões e milhões de anos para trás e milhões e milhões de anos à nossa frente; mas é escasso porque o temos racionado e não podemos comprá-lo nem pedi-lo emprestado. Não é estranho que sejamos avaros com o tempo porque, quando damos o nosso tempo, estamos dando a nós mesmos, já que é um bem impossível de recuperar.

Dar tempo aos demais é uma expressão pleníssima de generosidade.

### NÓS ENSINAMOS NOSSOS FILHOS A SEREM GENEROSOS COM O TEMPO QUANDO...

- Atendemos a um amigo angustiado que nos conta suas preocupações.
- Visitamos parentes que ninguém visita.
- Fazemos companhia a um velhinho que vive só.
- Passamos um período de tempo com pessoas que não têm família (ou cujas famílias se comportam como se não fossem seus familiares, o que é pior).
- Acompanhamos um grupo de deficientes em uma volta no domingo de manhã.
- Conversamos com um doente que se sente só.
- Colaboramos em uma associação cultural com poucos recursos.
- Atendemos a um casal vizinho que nos conta a lua de mel de sua filha.
- Participamos da reunião de bairro, depois de chegar cansados do trabalho.
- Vamos fazer as compras para uma vizinha que quebrou a perna.
- Dedicamos algumas horas ao voluntariado social.

## *Ser generoso é dar espaço*

**O** espaço é muito diferente do tempo, já que ele é dado de uma vez e podemos ou não percorrê-lo como quisermos. Não é um bem escasso e, além disso, constantemente se encontram formas para ampliar o espaço disponível: podemos tomar café da manhã na Europa, almoçar na Ásia e jantar na América, e logo iremos passar as férias na Lua ou em Marte.

Tudo é possível no espaço. Se nos incomoda a cidade, vamos para o campo; se nos aborrece a natureza, andamos quilômetros no asfalto; se não nos apetece a praia, instalamo-nos na montanha.

Como podemos, então, ser generosos com o espaço, se há tanto dele? De um bem tão abundante, temos conseguido parcelá-lo, reparti-lo e reservar uns pedacinhos para nosso uso particular. É um espaço físico, mas também um espaço afetivo. Colocamos uma campânula de cristal para protegê-lo e um cartaz onde se lê: "Reservado o direito de admissão".

Na verdade, todos temos o direito de fazê-lo para conseguir intimidade em nossa vida privada. Mas, precisamente porque é um direito pessoal, temos a possibilidade de abrir este espaço íntimo e abrigar nele outras pessoas. Não se trata de deixar as portas abertas para que os aproveitadores do espaço alheio nos deixem a casa vazia; trata-se de abrir voluntariamente as portas da nossa casa aos amigos e aos não tão amigos assim.

Devemos conseguir que todos os que batam à nossa porta sejam bem recebidos e se sintam queridos quando olhem nos nossos olhos. Devemos convidar a entrar o que necessita de um lugar onde descansar seu espírito fatigado (as pernas fatigadas podemos descansá-las no banco de qualquer praça), e que aquele que vem nos pedir um pouco de sal, um abridor de latas ou um dedo de prosa sinta-se como em sua própria casa.

Finalmente, os amigos de nossos filhos devem encontrar em nossa casa um lugar para reunir-se, para jogar, para guardar suas coisas e para passar a noite se precisarem (e se houve lugar, claro).

Nessa ocasião, a generosidade vai de mãos dadas com o que se chama hospitalidade.

## Ser generoso é dar gestos, palavras e silêncios

**U**ma pessoa tem a capacidade de comunicar-se com seus semelhantes, e esta faculdade a levou a limites impensáveis de possibilidades e matizes não só por meio do que dizemos, mas também como dizemos e como gesticulamos com os olhos, com o rosto, com as mãos e com todo o corpo. Os especialistas afirmam que da nossa comunicação, 50% são feitos por meio de gestos e 40% pela entonação da voz; somente 10% correspondem às palavras que articulamos.

A partir dessas ferramentas também podemos ser generosos, já que estão em nossas mãos e permitem que nos mostremos generosos ou avaros, pródigos ou mesquinhos, altruístas ou egoístas.

### PODEMOS SER GENEROSOS POR MEIO DE...

| GESTOS | PALAVRAS | SILÊNCIOS |
|---|---|---|
| • Saudação confiável | • Tom suave | • Escuta atenta |
| • Olhar atento | • Elogio sincero | • Espera compartilhada |
| • Mãos afetuosas | • Correção sóbria | • Dor acompanhada |
| • Ajuda amável | • Alento otimista | • Permanência ao lado |
| • Apoio eficaz | • Diálogo verdadeiro | • Convites ao silêncio |

## Ser generoso é perdoar

**A** casa deve ser uma escola de perdão, que é a faceta da generosidade mais difícil de pôr em prática. O perdão é uma mescla de amor, de compaixão, de compreensão humana, de esquecimento e de esperança; é proclamar com fatos que sempre é possível mudar e melhorar.

- Na generosidade com o tempo, o erro do passado é esquecido.

- Na generosidade com o espaço, abrimos as portas aos novos caminhos.

- Na generosidade com os gestos, o abraço refaz vínculos rompidos.

- Na generosidade com a palavra, temos de saber dizer "eu o perdoo".

- Na generosidade com o silêncio, não devemos lançar os erros no rosto das pessoas.

## E se não temos nada mais para dar... ainda podemos dar dinheiro

**A**inda que o primeiro item que relacionamos com a generosidade seja o dinheiro, devemos conseguir que seja o último. É importante que saibamos repartir nossos bens monetários entre aqueles que necessitam, mas também devemos lembrar que o dinheiro não deve nos substituir, mas apenas nos prolongar. E isso acontece quando damos aquilo de que necessitamos e não aquilo que está nos sobrando.

**FRASES CÉLEBRES**

– O perdão nos faz superiores aos que nos injuriam. (Napoleão I, imperador francês)

– As primeiras palavras que a babá do filho de um rei deve ensinar são: "Eu perdoo". (William Shakespeare, dramaturgo inglês)

– Aquele que sempre quer economizar está perdido. (Theodor Fontane, escritor alemão)

– A gratidão é a forma mais refinada de cortesia. (Jacques Maritain, filósofo francês)

– A gratidão é a tímida riqueza daqueles que não possuem nada. (Emily Dickinson, poetisa norte-americana)

# O príncipe feliz (Oscar Wilde)

*No alto da cidade se levantava, sobre um pedestal, a estátua do Príncipe Feliz. Ela era toda recoberta por lâminas de ouro puro. Seus olhos eram duas safiras, e um enorme rubi escarlate brilhava no punho de sua espada.*

— Que estátua mais bela! Parece um anjo! — diziam todos ao passar.

— Quem me dera ser como o Príncipe Feliz!

*Num entardecer de outono, uma andorinha fazia uma longa viagem ao Egito. Quando se sentiu esgotada pelo trajeto e pelo vento hostil, buscou abrigo nos pés da estátua do Príncipe Feliz. Mal havia pregado os olhos, sentiu uma grossa gota cair sobre suas asas.*

*"Curioso, o céu está cheio de estrelas e começa a chover" — pensou ela.*

*Outra gota, e outra, e outra. Já se dispunha a buscar abrigo no telhado de uma casa próxima, quando olhou para cima e viu que os olhos do Príncipe Feliz estavam cheios de lágrimas.*

— Quem és? E por que choras?

— Sou o Príncipe Feliz. Quando vivia e tinha um coração humano, não conhecia a dor, porque os muros do meu palácio não deixavam entrar a miséria nem a desgraça. Agora, colocaram-me tão alto que posso contemplar todas as misérias da cidade. Mesmo tendo um coração de chumbo, meu único remédio é chorar todas as noites. Atrás daquela janela aberta, uma mulher costura incansavelmente um vestido para uma dama nobre. O filho da pobre mulher está doente e com febre. Você pode levar o rubi do punho da minha espada para ele?

*Mesmo tendo que seguir viagem, a andorinha aceitou ficar aquela noite para fazer o que o Príncipe lhe pedia. Arrancou o belíssimo rubi com seu bico e voou por cima da catedral e do palácio real cheio de luz e de música até chegar ao bairro mais humilde da cidade. Entrou pela janela aberta e deixou o rubi sobre o dedal da costureira. Antes de ir-se, bateu suas asas sobre o rosto da criança para que ela se refrescasse.*

— Que interessante! Já não tenho tanto frio! — disse a andorinha ao regressar junto ao Príncipe.

— Isto é porque você fez o bem — ele respondeu.

*De madrugada, o Príncipe Feliz voltou a dirigir-se à andorinha.*

— Andorinha, do outro lado da cidade há um jovem escritor que deve terminar uma obra de encomenda antes do meio-dia, e ele está morto de frio porque não tem lenha para acender o fogo. Pegue uma safira dos meus olhos e a leve para ele; o jovem a venderá a um joalheiro, poderá comprar combustível e então terminar sua obra.

*No dia seguinte, quando foi despedir-se, ouviu a voz do Príncipe Feliz que lhe sussurrava:*

— Andorinha, ali na praça há uma pobre vendedora de fósforos; todas as caixas caíram no barro e ela não tem o que vender. Por favor, pegue a outra safira do meu olho e a leve para que ela não morra de fome.

Enquanto voava pela cidade, a andorinha olhou a miséria e a dor que povoavam as ruas. Na volta, contou tudo ao Príncipe.

— Estou coberto de lâminas de ouro puro — disse-lhe ele. — Por favor, arranque uma por uma e distribua aos necessitados.

A andorinha cumpriu o desejo do Príncipe Feliz e a alegria chegou aos lares mais humildes da cidade. Tantos dias ela empregou naquela tarefa que o gelo e a neve caíram sobre a cidade. Morta de frio, dirigiu-se aos pés do Príncipe Feliz e lhe disse baixinho:

— Adeus, meu amado Príncipe!

— Alegro-me por saber que finalmente você vai ao Egito. Agradeço o longo tempo que esteve comigo e a felicidade que repartiu pela cidade — disse o Príncipe Feliz.

— Não vou ao Egito. Vou morrer docemente aos seus pés.

Na manhã seguinte, quando o alcaide da cidade, acompanhado de seus conselheiros, passou diante da estátua, a viu estropiada e enegrecida, sem as pedras preciosas.

— Parece a estátua de um mendigo — gritou o alcaide. — Eu a derrubarei e no seu lugar levantarei uma estátua em minha honra.

Quando os fundidores derreteram a estátua, o capataz observou em voz alta:

— Que estranho! Não há como fundir este coração de chumbo.

Jogou-o no lixo e ali ficaram o coração e a andorinha morta.

Quando Deus ordenou a um anjo que levasse a ele as duas coisas mais preciosas da cidade, este lhe entregou o coração e a andorinha, e Deus afirmou:

— Você escolheu muito bem, porque no jardim do meu paraíso este pássaro e o Príncipe viverão felizes para sempre.

## *Generosidade e egoísmo cara a cara*

| A GENEROSIDADE | O EGOÍSMO |
|---|---|
| • Pensa nos outros.<br>• Olha para fora.<br>• Serve aos demais.<br>• Os outros são seu centro.<br>• Os demais contam com ela.<br>• Diz: "Precisa de mim?".<br>• Cansa-se pelos outros.<br>• Grita: "Mais!".<br>• Realiza favores.<br>• Os demais contam com seu tempo.<br>• Considera-se devedora.<br>• Prefere dar que receber.<br>• À noite pensa: "Amanhã farei...".<br><br>Graças a ela, muita gente é um pouco mais feliz, ainda que ela não pense nisso. | • Pensa em si mesmo.<br>• Olha para dentro.<br>• Usa os outros.<br>• É o centro dos outros.<br>• Ele conta com os demais.<br>• Diz: "Não tenho tempo".<br>• Os outros lhe cansam.<br>• Grita: "Chega!".<br>• Cobra os favores.<br>• Conta com o tempo dos outros.<br>• Considera-se credor.<br>• Prefere receber a dar.<br>• À noite pensa: "Quanta coisa eu fiz hoje!".<br><br>Por sua culpa, muita gente segue padecendo, ainda que isso não lhe interesse. |

## *E falando dos bens econômicos...*

| EDUCAREMOS NA GENEROSIDADE SE... | NÃO EDUCAREMOS NA GENEROSIDADE SE... |
|---|---|
| • Dermos a nós mesmos antes de dar dinheiro.<br>• Sugerirmos ao nosso filho que dê 1% do que é seu e nós dermos outro 1%.<br>• Soubermos que além do dinheiro devemos dar algo mais.<br>• Formos generosos, ainda que nosso filho não perceba. | • Dermos dinheiro antes de nos darmos a nós mesmos.<br>• Pedirmos ao nosso filho que dê 1% do que é seu e dermos somente 0,5%.<br>• Nem nos passar pela cabeça que, além do dinheiro, devemos dar algo mais.<br>• Afirmarmos que os ricos têm mais possibilidade de ser generosos. |

# Atividades

ATÉ 7 ANOS

### PALAVRA MÁGICA

A palavra mágica é "obrigado". Se nosso filho esquece de usá-la como expressão de agradecimento, não lhe diremos: "Você não vai agradecer?", mas "E a palavra mágica?".

Se ele sabe a que nos referimos, aprenderá a dizer "obrigado" como se tratasse de um jogo e o incorporará sem problemas à sua prática habitual.

### PRESENTES INESPERADOS

Não vamos negar a conveniência de seguir os costumes dos presentes familiares nas festas previamente marcadas: aniversário, Natal, Dia das Mães, Dia dos Pais, etc., mas ressaltar a conveniência de darmos, de vez em quando e sem razão alguma, um presentinho... simplesmente porque gostamos de presentear.

Os conceitos de presente, de generosidade, de gratidão, de dar espontaneamente ficarão mais claros se, ao fazê-lo, rompemos a obrigação de presentear.

---

**OBSERVAÇÃO**

Não falamos de presentes caros, mas de pequenas lembranças inesperadas, que não obedecem a nenhuma ocasião preestabelecida. Serão verdadeiros presentes, dados gratuitamente.

## DAMOS TEMPO

*Nessa idade nossos filhos já podem nos acompanhar em atividades do tipo social que comportam a entrega do nosso tempo a pessoas necessitadas.*

*O simples fato de estarem conosco constitui a melhor maneira de ensiná-los a ser generosos com o seu tempo.*

## ESCUTEMOS TAGORE

Podemos ler junto com nossos filhos um belíssimo conto de Rabindranath Tagore, para buscar seu sentido mais profundo e aplicá-lo em nossa vida cotidiana e nas situações habituais.

### CONTO

"Mendigando de porta em porta, ia andando por um caminho que leva à cidade quando lá longe apareceu a tua carroça de ouro, como num sonho prodigioso, e eu me perguntei quem seria aquele rei dos reis. Cresceu a minha esperança e pensei: 'Terminaram os maus dias', e me dispus a esperar que chovessem esmolas espontâneas e que o povo fosse coberto de riquezas. A carroça parou ao meu lado. Teus olhos se fixaram em mim e me destes um sorriso. Dei-me conta de que havia chegado por fim a minha hora de sorte. Logo, tu estendeste tua mão direita e me perguntaste: 'O que tens para me dar?'.

Ah, que coisa rara um rei estender a mão a um mendigo para pedir-lhe esmola! Eu permanecia confuso e perplexo. Por fim, saquei de minha bolsa o menor grão de trigo que encontrei e o dei a ti.

Qual não foi minha surpresa quando, ao anoitecer, ao esvaziar minha sacola no chão, encontrei um pequeno grão de ouro entre o mísero monte de grãos. Eu me pus a chorar amargamente e pensei: 'Por que não tive coragem de dar-me a mim mesmo?'".

# Amizade

*a amizade, fruto da maturidade*

A amizade é um dos valores que se desenvolvem paralelamente à evolução da pessoa. Há que se começar desde pequenos, mesmo sabendo que as crianças mais novinhas experimentam só os primeiros esboços de amizade, que ganham consistência à medida que crescem.

O desinteresse, a generosidade, a confiança mútua, a durabilidade... são características da verdadeira amizade, e não são compatíveis com o egocentrismo e a instabilidade, próprios e necessários à infância e à adolescência.

Além disso, a amizade é uma forma de amor, e, como tal, está sempre em constante evolução. Trata-se de um processo que começa, avança e não chega nunca à perfeição, ainda que busquemos alcançá-la. Não se trata tanto de "ser" amigo, mas de "fazer-se" amigo, no sentido de ir sendo, cada vez mais, amigo.

Finalmente, como qualquer forma de amor, ela pode desaparecer, apesar de, por sua natureza, tender a ser duradoura. Ela se extingue se os amigos tomam atitudes contrárias às qualidades próprias da amizade, como descreveremos adiante.

## Relativizando e valorizando as amizades infantis

**N**ão nos deve surpreender a variabilidade das amizades infantis, uma vez que estas:

• Nascem de circunstâncias totalmente casuais: pertencem ao mesmo grupo, sentam na mesma sala de aula, cruzam-se nos mesmos caminhos...

• Mudam segundo as variações dessas circunstâncias. Basta que não estejam na mesma mesa ou não se encontrem no parque para que deixem de ser amigos.

Se lembrarmos dos nomes dos amigos de nosso filho, veremos como mudam de um mês para o outro, e mais ainda de um ano para o outro. Por esse motivo, devemos relativizar o conceito de amizade em relação às crianças pequenas.

Entretanto, temos de reconhecer que nesses vislumbres de amizade já existem algumas características que serão próprias da amizade madura. E, por isso, devemos valorizar esses esforços imaturos que são a base da aprendizagem deste valor.

*A amizade é fruto da maturidade;
na infância ela só se inicia.*

## *Principais características da amizade*

| | |
|---|---|
| QUERER O BEM E A FELICIDADE DO AMIGO | A amizade é uma forma de amor e, por isso, implica o desejo de que a pessoa amada esteja bem e seja feliz. A amizade não pode prejudicar. |
| DESINTERESSE | A amizade que quer aproveitar-se do amigo se converte em comércio. O egoísmo estraga a amizade e qualquer outra forma de amor. |
| RECIPROCIDADE | A amizade é um sentimento mútuo; existem amores anônimos, mas não existem amizades anônimas. |
| ESPECIFICIDADE | Os amigos são concretos; sabemos quem são, uma vez que a amizade não é uma relação difusa e indefinida e que não podemos ser amigos de todo mundo. |
| IGUALDADE | A amizade não aceita diferenças que criem uma relação de dependência, de submissão, de superioridade ou de inferioridade, de hierarquia. Respeitar as características de cada um é elemento essencial da amizade. |
| DESEJO DE ESTAR JUNTOS | Os amigos desejam a assiduidade da convivência, da conversa frequente para comunicar sentimentos, ideias, vivências, projetos... A ausência debilita a amizade. |
| CONFIANÇA MÚTUA | A relação de amizade baseia-se na confiança total, na sinceridade, na discrição e na transparência. É preciso haver segurança absoluta de um e de outro. |
| LIBERDADE | A amizade é fruto da liberdade e deve suscitar maior liberdade ainda. Os amigos não se impõem, encontram-se por casualidade e são fruto de uma eleição pessoal e livre. |

# Os músicos de Bremen (Irmãos Grimm)

Um lavrador tinha um asno muito trabalhador, que durante anos havia levado, sem se queixar, uma montanha de sacos de farinha ao moinho. Chegou o dia em que as patas não aguentaram mais e o lombo deu um basta. Então o dono pensou em matá-lo. O asno percebeu e fugiu para a cidade de Bremen, pensando que ali poderia trabalhar como músico.

No caminho encontrou um cachorro perdigueiro que, deitado no chão, arfava de cansaço.

– Parece muito cansado, meu amigo – disse o asno.

– Ai de mim! Porque sou velho e não sirvo para caçar, meu amo queria me matar. Por sorte consegui escapar! Mas, o que farei agora?

– Já sei! – disse o asno. – Vem comigo até Bremen para ver se lá encontramos trabalho de músicos. Eu tocarei os tambores, e você, o violão.

O cachorro se animou e seguiram juntos pelo caminho. Não tinham caminhado muito quando encontraram um pobre gato faminto.

– O que aconteceu, Bigode? – perguntou o asno.

– Estou velho, e prefiro ficar na beira do fogão a perseguir ratos. Minha dona queria me afogar. Eu consegui fugir, mas aonde irei agora?

– Venha conosco. Você é músico e garanto que lhe quererão na banda de Bremen.

O gato gostou da ideia e se uniu aos outros dois. Um pouco mais tarde, os três fugitivos chegaram a uma granja. Empoleirado sobre o portão, um galo cacarejava.

– O que aconteceu, galo?

– Amanhã é domingo, a dona tem convidados, e disse à cozinheira que me leve à panela. Esta noite vão querer cortar o meu pescoço.

– Olhe aqui, Crista Vermelha, será melhor que venha conosco. Vamos a Bremen, e com sua boa voz e nossa banda ficaremos ricos.

– É uma ótima ideia – disse o galo.

E os quatro foram para Bremen! Mas não chegaram naquele mesmo dia; anoiteceu e eles resolveram dormir no bosque. O asno e o cachorro se encostaram embaixo de uma árvore muito alta, o gato subiu nos galhos, e o galo empoleirou-se na copa. Antes de dormir, ele viu ao longe uma pequena luz. Chamou os companheiros.

– Ei! Deve haver uma casa aqui perto.

– O melhor que podemos fazer – disse o asno – é ir lá para ver.

Eles se dirigiram para a luz que brilhava, mas, quando chegaram, viram que era um esconderijo de ladrões. O asno, que era o mais alto, aproximou-se da janela para dar uma olhada.

– O que você está vendo? – perguntou o galo.

— Vejo uma mesa com muita comida e um bando de ladrões que estão se banqueteando.

— Caramba! Que fome! – disse o galo.

E os quatro animais começaram a pensar na melhor maneira de afugentar os ladrões. Até que encontraram a solução: o asno pôs as patas no parapeito da janela, o cachorro subiu nas suas costas, o gato subiu em cima do cachorro, e o galo voou sobre a cabeça do gato. Então se puseram a gritar todos de uma vez: o asno zurrava, o cachorro latia, o gato miava, e o galo cantava. E, na mesma hora, entraram pela janela da sala e causaram um enorme estrago.

De um salto, os ladrões, aterrorizados, levantaram-se e saíram correndo para o bosque, pensando tratar-se de um fantasma. Os quatro amigos sentaram-se à mesa e comeram até cansar. Quando terminaram, apagaram a luz e cada um procurou o seu lugar. O asno deitou-se sobre o estrume, o cachorro, atrás da porta, o gato, sobre o fogão a lenha, e o galo, em cima de uma viga.

À meia-noite, o chefe dos ladrões, vendo que a casa estava toda escura e em paz, pensou que os ladrões haviam exagerado e mandou um do bando para ver o que tinha acontecido.
O enviado entrou na cozinha para acender o lampião e, pensando que os olhos brilhantes do gato eram brasas, aproximou um fósforo.
O felino, que não estava para brincadeiras, arranhou o seu rosto. Assustado, ele voltou para a porta, o cachorro levantou-se e cravou-lhe os dentes na perna. Ao sair, topou com o asno, que lhe deu dois coices, enquanto o galo, de cima da viga, não parava de gritar "quiquiriqui".
O ladrão, desconcertado, correu para o bosque e avisou ao chefe:

— Na casa tem uma bruxa que arranha, um homenzarrão que me enfiou uma navalha na minha perna, um monstro negro que me deu uns golpes, e um juiz que grita: "Quem está gritando aqui?".

Ao ouvir isto, os ladrões, aterrorizados, nunca mais voltaram à casa, e os músicos de Bremen gostaram tanto do lugar que ficaram por ali. E quem não acreditar que vá até lá para ver.

## Os pais, amigos dos filhos?

Se observarmos as características da relação entre pais e filhos, veremos que é impossível que haja uma amizade no sentido pleno da palavra entre tais pessoas. A relação paterno-filial, nas duas direções, reveste-se de uma modalidade de amor diferente da amizade. A dependência dos filhos, a diferença de idade e de experiências, a ausência de liberdade de escolha, e a hierarquização da sociedade familiar originam outros vínculos.

Podemos supor que, se os filhos são maiores, independentes e economicamente autônomos, exista a possibilidade de que esta relação possa converter-se em algo muito próximo da amizade.

Entretanto, enquanto os filhos vivem na casa dos pais, os pais devem exercer precisamente o papel de pais, missão bastante comprometida e de enorme responsabilidade.

A melhor maneira de educá-los na amizade será fazer com que vejam as relações que temos com nossos amigos; este será o melhor método educativo para este valor.

*A amizade não se encontra, não se procura.*

 **FRASES CÉLEBRES**

– É amigo aquele que é como outro eu. (Cícero, filósofo romano)

– O amigo é a metade de minha alma. (Horácio, poeta latino)

– Um bom amigo é um tesouro. (Quintiliano, retórico romano)

– Rei que não tem amigo é um mendigo. (Provérbio medieval)

– A pior solidão é ver-se sem uma amizade sincera. (Francis Bacon, filósofo inglês)

– A única forma para ter um amigo é ser um amigo. (Ralph Waldo Emerson, filósofo norte-americano)

– O falso amigo é como a sombra, que nos segue enquanto dura o sol. (Carlo Dossi, escritor italiano)

# Atividades

**ATÉ 7 ANOS**

## PRIMEIRAS PISTAS DE AMIZADE

*É interessante refletir ocasionalmente sobre fatos ocorridos em casa, na escola... que contenham algumas características (positivas ou negativas) da amizade.*

*Uma frase muito simples serve para ressaltar que tal ou qual característica (às vezes um pequeno detalhe) é sinal da verdadeira amizade.*

### POSSÍVEIS FRASES

- Você é muito amiga de Susana porque sempre as vejo juntas.
- Nota-se que é amiga do Sérgio porque sempre lhe conta suas coisas.
- Se dois amigos brigam muito, deixarão de ser amigos.
- Estes dois não devem ser muito amigos porque, quando podem se ajudar, não o fazem.

---

## TESTEMUNHOS DE AMIZADE

**ATÉ 12 ANOS**

Para aprofundar a atividade anterior, pode-se pedir às crianças que reflitam sobre o sentido de amizade e que comparem com o que entediam por ela quando eram menores.

Finalmente, pode-se partir do conto *Os músicos de Bremen* para começar uma conversa frutífera sobre o tema e ensinar-lhes que a vida é um caminho no qual vamos encontrando amigos, como aconteceu com os quatro animais da história.

### SUGESTÕES

- Os animais do conto são amigos ou simples companheiros de viagem? Por quê?
- Que vantagens isso traz?
- Como respeitam as características de cada um?
- O que aconteceria se cada um tivesse encontrado com os ladrões sem a companhia dos outros animais?

Continuando, podemos generalizar as conclusões extraídas:

- Qual é a diferença entre um amigo e um companheiro?
- O que pode pôr em perigo uma amizade?

## POR QUE VOCÊ É MEU AMIGO?

*Esta atividade consiste em dialogar com nossos filhos sobre o porquê de suas amizades e das nossas. Ou seja, expressar em voz alta as razões pelas quais consideramos uma pessoa nossa amiga.*

*Nossos filhos devem descrever aquelas características dos seus amigos que fazem com que eles gostem de sua companhia e queiram seguir alimentando essa amizade. Deve ser um diálogo muito informal.*

### EXEMPLOS

- Em que temas coincidem nossos gostos?
- Em que assuntos é mais fácil chegar a um acordo?
- De que qualidade você mais gosta?
- No que gostaria que ele mudasse?
- Como se complementam nossas qualidades?

**Os amigos nem nos precedem nem nos seguem; vão ao nosso lado.**

·······················································

## A INTELIGÊNCIA DE TER AMIGOS

*A finalidade desta atividade é valorizar a capacidade de ter amigos como uma estupenda manifestação de inteligência.*

*Vamos fazendo uma lista das distintas formas de inteligência e de outras qualidades de companheiros de nossos filhos, inclusive dos membros da família.*

*Devemos procurar que também pensem naqueles que têm facilidade para fazer amigos e formar grupos de amizade ao seu redor.*

*Do mesmo modo, é preciso fazer-lhes perceber que, na vida, a capacidade de ter amigos é uma forma de inteligência tanto ou mais importante que outras manifestações popularmente mais valorizadas como inteligência.*

# Liberdade

## A liberdade, valor fundamental

A liberdade é um valor tão fundamental que a *Declaração Universal dos Direitos Humanos*, aprovada e proclamada pela Assembleia Geral das Nações Unidas na histórica sessão de 10 de dezembro de 1948, em Paris, a repete 30 vezes, seja como substantivo (liberdade), como adjetivo (livre), como advérbio (livremente), ou como verbo (liberar).

Por liberdade a humanidade lutou, morreu, matou, sofreu, sonhou, escreveu; houve guerras, revoluções, emboscadas, prantos, risadas, heróis, mártires; surgiram teorias filosóficas, tendências políticas, movimentos sociais, ditaduras e anarquias.

Nós desejamos ser livres, que nos deixem fazer o que queremos, que não nos submetam à escravidão de nenhuma espécie. E, naturalmente, nosso filho também deseja e tem todo o direito a isso. Sobre nós recai a obrigação de ensiná-lo a ser livre.

Encontramo-nos ante o valor mais comprometido e mais frágil; o mais desejado e o mais temido; o que se presta melhor às chantagens e aos abusos; o que nos pode trazer as maiores satisfações e os maiores desgostos.

E, apesar de tudo, devemos educar na liberdade.

## *Só é livre o ser que pensa*

O ser humano pertence ao gênero animal, propriedade que implica uma série de necessidades que podem escapar da ideia de liberdade: estamos submetidos inexoravelmente a condições anatômicas, físicas, temporais, espaciais..., sobre as quais nossa vontade pode intervir muito pouco ou praticamente nada. O frio, a fome, o cansaço, o sonho, a digestão, a dor, o prazer, o crescimento, a doença, a decrepitude e a morte têm domínio sobre nós.

Entretanto, Aristóteles já definiu o ser humano como animal racional, atributo específico que nos permite pensar, imaginar, ponderar, avaliar, prever, decidir... E porque somos racionais, merecemos prêmios e castigos. Se não estivéssemos convencidos de que as pessoas têm liberdade, que poderíamos ter feito de outra maneira, não haveria códigos nem tribunais, nem virtudes nem cárceres, nem honra nem desonra; seria impossível falar de direitos e de obrigações. Para quê? Se fazemos o que não podemos deixar de fazer, de que serve elogiar ou recriminar?

Não sabemos em que medida somos livres, mas temos certeza de que somos e atuamos em consequência disso. E nosso filho também deve ter isso muito claro.

De fato, até agora temos falado de responsabilidade, tolerância, diálogo, generosidade, sinceridade..., mas seria impossível tratar de educar em todos esses valores sem estar convencidos de que estamos diante de um ser livre.

Podemos manejar fisicamente um ser que não seja livre, usá-lo ou domesticá-lo, por meio de mecanismos próprios para este fim, mas nunca poderemos educá-lo para o amor nem para que prefira ser bom em vez de ser mau. Trata-se de uma prerrogativa exclusiva dos seres livres; e são livres porque podem decidir o que vão fazer, porque pensam.

Por tudo isso, o primeiro passo para deixar livres os nossos filhos é ajudá-los a pensar, a ter os olhos e a mente abertos, a ter senso crítico, a não serem escravos do pensamento dos outros. A escravidão, de qualquer tipo, é o polo oposto da liberdade.

# A liberdade é perigosa

**D**e qualquer modo, devemos matizar: a liberdade é perigosa se anda sozinha e, por isso, não podemos desvinculá-la do restante dos valores que devemos transmitir aos nossos filhos.

Se apostamos em educar na liberdade como valor único ou valor supremo da escala de valores, pode ser que acabemos por formar um ser antissocial, incapaz de conviver com outras pessoas livres. A hipertrofia de qualquer valor é prejudicial, mas a hipertrofia da liberdade é fatal.

Devemos admitir que uma pessoa livre cria mais problemas a seus educadores do que uma marionete aos seus manipuladores. Se queremos formar seres livres (e, em princípio, ninguém deveria desejar o contrário), temos de aceitar o risco de que "sejam livres", no sentido que pode ser que pensem diferente de nós, que sua escala de valores seja outra, ou que seus ideais não concordem com os nossos.

Ensinar a ser livre é também ensinar a duvidar, a aceitar o erro, a não estranhar ter-se equivocado, aceitar as consequências das próprias decisões, a saber corrigi-las quando for necessário, a arrepender-se, a pedir perdão (só pode pedir perdão quem agiu livremente), a respeitar a liberdade dos outros, a não ser livre submetendo outros, a trabalhar para que todo mundo seja livre...

Se nosso filho não se comportar dessa maneira, é porque não aprendeu a ser livre.

 **FRASES CÉLEBRES**

– Todos somos escravos das leis para que possamos ser livres. (Cícero, filósofo romano)

– Quem é livre? O sábio que manda em si mesmo. (Horácio, poeta latino)

– Nenhuma escravidão é mais vergonhosa do que a voluntária. (Sêneca, filósofo latino)

– A liberdade é um bem comum e, enquanto todos não participam dela, não serão livres os que se creem como tais. (Miguel de Unamuno, escritor e filósofo espanhol)

– A liberdade supõe responsabilidade. Por isso, a maior parte das pessoas a teme tanto.
(George Bernard Shaw, escritor irlandês)

# O ônibus e o trem de ferro

Na estação da estrada de ferro, um ônibus esperava os viajantes que deviam chegar no trem das nove da manhã. Este chegou pontualmente e, durante os minutos em que o trem aguardava que lhe dessem sinal de partida e o ônibus ia recebendo os passageiros e suas bagagens, os dois começaram a conversar:

— Querido ônibus, você faz o que lhe dá na telha; pode circular com plena liberdade; vai por onde quer; se você decide virar à esquerda ou à direita, nada nem ninguém o impede; você é livre de verdade. Que sorte a sua! Eu, ao contrário, sempre estou sujeito a estes trilhos de ferro; que desgraça a minha se tentar sair destes trilhos que marcam inexoravelmente o meu caminho!

— Você tem razão, velho amigo trem! Eu posso escolher meu caminho e mudá-lo quantas vezes desejar; posso descobrir lugares novos, horizontes desconhecidos; inclusive, se me apetecer, parar em uma pradaria verde e descansar um pouquinho enquanto meus ocupantes almoçam. Isso é certo, mas nem tudo é tão bonito. Você sabe a quantidade de perigos a que estou exposto a cada instante? Devo olhar pelo retrovisor a cada passo que dou; os outros veículos me assaltam por todos os lados. Ai de mim se me distraio um segundo! E se saio da estrada? E se encosto demais na sarjeta? E se me deslumbro com o automóvel da frente? A catástrofe pode ser monumental.

— É verdade, eu não tinha pensado nisso. Minha submissão ao trilho reduz a minha liberdade, mas aumenta a minha segurança. Posso circular quilômetros e quilômetros de olhos fechados, como dizem, e posso alcançar velocidades de sonho... desde que não saia dos meus polidos trilhos. Não sou dono da minha direção; meu itinerário é marcado pelos outros; e as mudanças dos trilhos solucionam as encruzilhadas que poderiam me deixar dúvidas.

— Sim, velho trem. Acontece conosco o mesmo que acontece com as pessoas, sabe? Mais liberdade, mais riscos, maiores perigos, mais responsabilidade ante as decisões. É muito bonito ser livre, mas também muito difícil. O preço que se paga pela liberdade é altíssimo, mas vale a pena.

O diálogo foi interrompido pelo apito do chefe da estação, que deu a saída ao expresso Madri--Barcelona. Ao mesmo tempo, alguém dentro do ônibus perguntava em voz alta: "Por onde vamos passar?".

# Atividades

**DE 6 a 12 ANOS**

Assim como nos outros valores propusemos jogos e atividades, neste caso sugerimos condutas e atitudes que devemos adotar de modo habitual em casa. Com elas se construirá um clima de liberdade, única maneira para o desenvolvimento deste valor tão importante.

### ESTABELECER DIÁLOGOS SEM TABUS

*Temos de conseguir estabelecer com nossos filhos um diálogo aberto, em que possamos conversar sobre qualquer assunto com normalidade e sem temores; em que se possa dizer o que pensamos e o que queremos sem medo de censuras nem de desqualificações. Será a melhor maneira de ensinar na prática que "Toda pessoa tem direito à liberdade de pensamento" (Direitos Humanos, art. 18), e que "Todo indivíduo tem direito à liberdade de opinião e de expressão" (Direitos Humanos, art. 19).*

### PERMITIR A TOMADA DE DECISÕES, DEIXANDO MARGEM À LIBERDADE, MAS PEDINDO RESPONSABILIDADE

*A tomada de decisões, apropriada a cada idade, constitui uma escola excelente de formação na liberdade e na responsabilidade, sempre e quando lhes ajudamos a ver os prós e os contras. Um "você decide" é um desafio à sua capacidade de autonomia, e um "eu o ajudo a decidir" é nosso dever ante a incapacidade natural à sua idade.*

*Se decidirmos sempre por eles, conseguiremos belíssimos pássaros em gaiola de ouro; mas, pobres pássaros! Quando abrirmos a porta da gaiola, serão comidos pelo primeiro gato espertalhão porque não aprenderam a voar.*

### PROPOSTA DE ALTERNATIVAS CONFIANDO NELES

*A liberdade só é possível quando se possui a capacidade de escolher. A pessoa não só enfrenta a escolha entre o bom e o mau, mas entre várias possibilidades positivas (posso fazer isto ou aquilo) ou entre a contradição de fazer ou não fazer.*

*Onde não há alternativa, não há liberdade. Mas temos de oferecer alternativas possíveis; o contrário seria uma chantagem encoberta.*

*De todo modo, só podemos educar nossos filhos na liberdade se confiamos neles. E devemos fazê-lo desde o princípio, sem necessidade de que façam algo para merecê-la. Só ante o possível mau uso deveremos limitá-la, embora com certo pesar.*

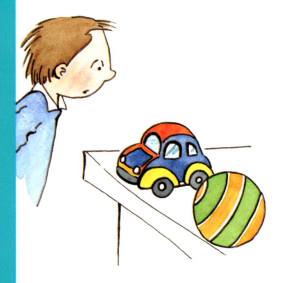

## ROMPER ESQUEMAS COM CRIATIVIDADE, CRITICANDO SUAS DECISÕES E RELATIVIZANDO SEUS ABSOLUTISMOS

A liberdade tem muito a ver com a criatividade. As crianças possuem uma notável criatividade, que frequentemente nos surpreende porque rompe os nossos esquemas. Mas é precisamente este confronto o que dá jogo à sua liberdade.

Excelentes pedagogos formularam dessa maneira: a criança deve ser capaz de construir um "E se..." (ou "O que aconteceria se...?", "Suponhamos que...") como forma de estímulo constante.

Finalmente, devemos colocar nossa posição crítica e deixar que nossos filhos coloquem a deles. Entretanto, também devemos fazer-lhes ver a injustiça de suas posições absolutas e inflexíveis: ainda que tudo pareça branco ou preto, temos de mostrar-lhes a infinita gama de tons de cinza.

· · · · · · · · · · · · · · · · · · · · · · · · · · · · · · · · · · · · · · · · · · · · · · · · · · · · · · · · · · · · · · · · · · · · · · ·

## ANIMAR-LHES NOS FRACASSOS, RECONHECER SEUS ÊXITOS, ELOGIAR SEUS ACERTOS E CORRIGIR SUAS FALHAS

O fracasso e o desânimo são inimigos declarados da liberdade. É necessário reconhecer que o risco de abrir caminhos implica uma grande possibilidade de sofrer um revés.

Os pais serão os encarregados de devolver-lhes a confiança, animar-lhes a voltar a tentar e ensinar-lhes que a liberdade tem suas vantagens e desvantagens.

É importante respeitar o direito ao erro; e ensinar-lhes a respeitar o direito ao erro dos demais.

Primeiramente, devemos ressaltar seus acertos, elogiar seus feitos; e depois (só depois) fazer com que reconheçam e corrijam seus erros.

Só elogios os farão vaidosos; só censuras os farão pusilânimes.

## TOMAR DECISÕES COMPARTILHADAS E RESPEITAR OS ACORDOS, VALORIZANDO AS OPINIÕES E OS GOSTOS DOS DEMAIS

*Os pactos têm muito a ver com o exercício da liberdade e, ao mesmo tempo, introduzem-nos no respeito à liberdade dos demais. As decisões acordadas com os demais são uma trama de diálogo, sinceridade, liberdade, cooperação e responsabilidade.*

*Em casa podemos e devemos tomar decisões consensuais entre todos os membros da família.*

*Quando os gostos são díspares, temos de tentar chegar a um acordo que seja o mais favorável possível para todos. Não é fácil, mas as decisões tomadas por consenso são uma grande lição de convivência.*

## EXPLICAR NOSSAS IMPOSIÇÕES E RECUSAR OS ABUSOS AUTORITÁRIOS

*Quando temos de lhes impor nossa decisão, mesmo que os contrarie, devemos tentar fazer com que vejam, dentro do possível, a justificativa da nossa imposição, que não é fruto de um autoritarismo gratuito, mas de uma reflexão serena de quem tem a responsabilidade de velar pelo seu bem.*

## INICIAR-LHES NA SOCIEDADE DEMOCRÁTICA, RESPEITANDO AS LEIS DEMOCRÁTICAS E OS LIMITES DA LIBERDADE, PARA CONCILIAR VIDA COLETIVA E LIBERDADE INDIVIDUAL

*A sociedade democrática é uma soma de liberdades com limites pactuados, a fim de que todos possam ser tão livres quanto seja possível. Este difícil jogo de equilíbrio, imprescindível se queremos viver em uma sociedade pacífica, deve ser aprendido em casa.*

*Devemos mostrar que, em uma sociedade respeitosa e justamente organizada, estes princípios se aplicam em larga escala, apesar das falhas sempre inerentes ao egoísmo humano. Não somos utópicos, confiamos no progresso da humanidade, com seus eventuais retrocessos.*

*Quando formos votar nas eleições, devemos pedir que nossos filhos nos acompanhem e aproveitar a ocasião para lhes falar dos mecanismos democráticos da sociedade, dos deveres da maioria, do respeito às minorias, do respeito a todas as leis, da liberdade individual e da liberdade dos demais. Tampouco devemos ter medo de lhes falar da corrupção que pode corroer a liberdade de um povo.*

# Justiça

## Ser justo é ser exato

É justa a chave que se encaixa perfeitamente na fechadura, a gaveta que não fica nem larga nem apertada no móvel, a medida das calças que me corresponde sem sobrar nem faltar, a peça exata do quebra-cabeça, as lentes que corrigem exatamente a miopia dos meus olhos, a nota que me corresponde pelo exame que prestei na escola.

O que falta ou o que sobra não corresponde à ideia de justiça, mas à fraude, por falta; ou à generosidade, por excesso. Podemos dizer (e é preciso entender bem essa expressão) que a generosidade não é justa, a generosidade é... generosa. Se compramos um objeto cujo preço é 15 reais e damos 20 reais por ele, não somos justos, somos generosos. O justo são 15 reais, e os outros 5 reais são a mais.

De todo modo, na maioria das vezes o fato de que uma coisa seja justa ou não independe de nós; a justiça tem uma medida exata para ser cumprida.

Por outro lado, a justiça tem o caráter de valor mínimo e necessário, já que é uma condição necessária para que nossas relações com os outros sejam corretas. Se não somos justos, não podemos ceder aos demais valores; a justiça, como as ambulâncias e os bombeiros, tem prioridade de passagem.

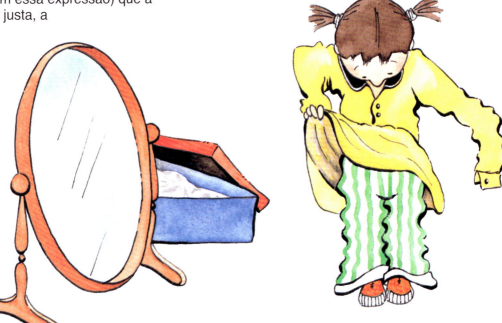

## A igualdade não é necessariamente justa

Não é justo o que trata a todos igualmente, mas aquele que considera as diferenças de cada um e trata cada qual segundo lhe corresponde. Dizia Justiniano I (imperador bizantino) que "a justiça é a vontade constante e perpétua de dar a cada um o que é seu". A igualdade sem justiça é injusta.

Somos justos quando tratamos cada filho segundo seu talento, atendendo às suas características particulares.

Suponhamos um caso absurdo: seria justo o pai que mandasse que todos os filhos usassem óculos para não fazer diferença, porque uma das crianças é míope? Ou que todos usassem palmilhas ortopédicas porque um tem pés chatos? Estes exemplos caricaturescos dispensam qualquer comentário.

## Como solucionar a injustiça?

Quando somos injustos com alguém, temos de corrigir a injustiça. Não basta pedir desculpas à pessoa com quem fomos injustos; é preciso reparar a injustiça, ou seja, dar-lhe aquilo que lhe corresponde por direito.

Convém que nossos filhos assimilem esta exigência da justiça e que sejam capazes de pô-la em prática. A obrigação da reparação afeta de maneira especial suas relações fora da família (âmbito escolar, de cidadania e social). Os rígidos conceitos da justiça comutativa dificilmente são aplicáveis no âmbito doméstico; os bens familiares pertencem à família em comum, mas isto não é aplicável aos bens que são propriedade de outros donos.

*Onde não há justiça não pode haver direito.*

## Os direitos não são obrigações

**O**s direitos são a grande conquista da humanidade para sair da "lei da selva", segundo a qual o mais forte devora o mais fraco. Eu tenho um direito quando os outros devem me ajudar na defesa perante os mais poderosos. Reconhecer um direito é reconhecer que a razão está acima da força.

Meus direitos são obrigações dos demais para mim; minhas obrigações são direitos dos demais sobre mim.

Mas é preciso completar esta ideia com outra muito importante: justamente porque meus direitos são direitos e não obrigações, posso renunciar a eles. Se eu não pudesse renunciar aos meus direitos, eles se converteriam em obrigações. Por exemplo, conhecer a possibilidade de renunciar legitimamente aos meus direitos abrirá a possibilidade de que eu ceda meu assento, justamente adquirido, a uma pessoa mais velha que está em pé no vagão e que subiu em uma estação depois da minha.

## O consumismo

**N**a educação da justiça social, não podemos deixar de fazer uma reflexão sobre a sociedade consumista em que nos vemos imersos e ao valor oposto da redução do consumo, tradicionalmente chamado de austeridade ou sobriedade.

Vivemos em uma sociedade em que convém criar constantemente novas necessidades para absorver a produção exagerada de bens supérfluos. É preciso descartar o que está em bom estado porque existe um novo objeto para substituí-lo.

"Papai, mamãe, é que todos na minha classe já têm!" é a frase habitual com que as crianças tentam nos convencer e frequentemente o conseguem. Ainda que não possamos nadar contra a correnteza, isso é verdade, podemos reduzir significativamente o ritmo do consumismo na vida familiar e fazer que em casa se viva o lema dos três erres (reduzir, reutilizar e reciclar).

**Ser justo é ser exato, nem mais, nem menos.**

# O lenhador e o deus Hermes (Esopo)

Um homem que partia lenha perto de um rio perdeu seu machado. A correnteza o levou, e o homem, sentado na margem, lamentava-se, até que o deus Hermes, movido pela compaixão, aproximou-se. Quando soube pelo próprio lenhador a razão por que chorava, o deus mergulhou e lhe trouxe, em primeiro lugar, um machado de ouro perguntando se era seu. O lenhador respondeu que não. Então ele trouxe um machado de prata e, de novo, perguntou se era aquele que ele havia perdido. Como o lenhador disse que não, ele trouxe, finalmente, seu próprio machado, e o lenhador o reconheceu.

Hermes, satisfeito por sua honradez, deu-lhe os três. O lenhador os pegou e foi ao encontro de seus companheiros para contar-lhes o que havia ocorrido. Um deles, cheio de inveja, quis ter a mesma sorte do lenhador e dirigiu-se às margens daquele rio com seu machado. Enquanto cortava lenha, atirou-o intencionalmente ao fundo de um poço, sentou-se e começou a chorar.

Hermes apareceu e perguntou-lhe o que havia acontecido. Ele contou que perdera seu machado. Então o deus lhe mostrou um machado de ouro e, quando lhe perguntou se era aquele que ele havia perdido, o homem respondeu precipitadamente, por cobiça, que sim. Hermes, então, não só não lhe deu o machado de ouro, como tampouco lhe devolveu o seu.

Esta fábula ensina como a divindade sabe favorecer os que são justos e mostrar-se adversa com os injustos.

# O avaro (Esopo)

Um avaro que havia vendido todos os seus bens comprou uma barra de ouro e enterrou-a ao pé de um muro, e não parava de ir até lá para vigiá-la. Um dos trabalhadores dos arredores, percebendo suas idas e vindas, suspeitou da verdade e, quando o avaro não estava, levou o ouro consigo. O avaro voltou e, ao encontrar o esconderijo vazio, pôs-se a chorar e a arrancar os cabelos. Ao vê-lo tão aflito, um homem perguntou o que se passava, e lhe disse:

— Não se desespere, amigo! Pegue uma pedra, coloque-a neste buraco e imagine que é ouro. Dá no mesmo porque, quando havia ouro, você não o usava para nada!

Esta fábula quer dizer que a possessão de bens não vale nada, se não os usamos devidamente.

**Só pedir perdão não soluciona a injustiça.**

## A justiça aparente ou a falsa justiça

### SE NÃO SOMOS JUSTOS...

| | | |
|---|---|---|
| Respeito | é | Escravidão |
| Paciência | é | Impotência |
| Persistência | é | Contumácia |
| Prudência | é | Covardia |
| Civilidade | é | Hipocrisia |
| Responsabilidade | é | Prepotência |
| Ordem | é | Opressão |
| Sinceridade | é | Insulto |
| Confiança | é | Traição |
| Diálogo | é | Demagogia |
| Tolerância | é | Debilidade |
| Criatividade | é | Elitismo |
| Cooperação | é | Conspiração |
| Compaixão | é | Sarcasmo |
| Generosidade | é | Paternalismo |
| Amizade | é | Coleguismo |
| Paz | é | Repressão |
| Alegria | é | Alucinação |
| Solidariedade | é | Chantagem |
| Austeridade | é | Avareza |
| Qualquer valor | é | Gozação |

 **FRASES CÉLEBRES**

– A espada da justiça não tem capa. (Joseph de Maistre, político sardo)

– Ser bom é fácil; o que é difícil é ser justo. (Victor Hugo, escritor francês)

– O mais horrendo que existe no mundo é a justiça separada do amor. (François Mauriac, escritor francês)

– É bem mais fácil ser caridoso que justo. (Arturo Graf, escritor italiano)

# Atividades

**ATÉ 7 ANOS**

## SEJAMOS JUSTOS DESDE AGORA

*É bom fazer reflexões ocasionais sobre fatos ocorridos em casa, na escola, com os companheiros... que tenham relação com a justiça, o respeito à propriedade, a reparação da injustiça...*

*Contos, filmes ou notícias de jornal nos abastecerão de fatos que poderemos comentar com nossos filhos. Se nos basearmos em episódios reais, recordemos que devemos julgar os fatos, não as pessoas.*

**Não podemos abusar enquanto houver quem não possa usar.**

### POSSÍVEIS COMENTÁRIOS A FATOS COTIDIANOS

• Mário lhe deixou isso, depois devolva para ele; Mônica está pedindo, você tem que devolver porque é dela, agradeça.

• Se é da Susana, você tem que pedir, e, se ela emprestar, não estrague.

• Maria lhe emprestou e você quebrou, deverá consertá-lo; se não tiver conserto, peça perdão e diga que lhe compraremos um novo.

• O que há na classe, na escada, na calçada, nas praças e nas ruas também tem dono; você não pode estragar, é para ser usado por todos.

### POSSÍVEIS NOTÍCIAS DE JORNAL

Abrir o jornal de qualquer dia oferece muitos casos para comentários sobre justiça e injustiça com nossos filhos. Há notícias mais adequadas para serem compreendidas pelos pequenos (furtos, abusos de poder, devoluções, etc.), e outras de maior complexidade (subornos, corrupção, plágios, etc.) Alguns exemplos possíveis:

• Prisão de um homem por estragos na via pública.

• Detenção por uso fraudulento de cartões de crédito.

• Denúncia de um taxista por adulteração do taxímetro.

• Sanção a um atleta por *dopping*.

## ATÉ 12 ANOS

### OS SÍMBOLOS DA JUSTIÇA

É muito possível que nossos filhos tenham visto, em alguma ocasião, dois símbolos universais da justiça: a balança com os pratos em equilíbrio (às vezes com uma espada como fiel), ou uma figura humana de mulher, com os olhos vendados que, por sua vez, sustenta a balança equilibrada.

Despertemos a sua curiosidade: com nossa ajuda, a criança poderá ver todo o significado de tais imagens. Ambos os ícones se prestam a ser desenhados, coloridos ou recortados.

### SUGESTÕES

Aproveitemos as ideias básicas de:

• Objetividade da justiça.

• Correspondência exata entre direito e obrigação.

• Possível coação para exigir seu cumprimento.

• Desequilíbrio enquanto não se cumpre a justiça.

### OS BENS COMUNS

Podemos partir de alguma propriedade compartilhada que nossos filhos conheçam (comunidade de vizinhos, sociedade esportiva, cultural, religiosa, beneficente...) e confeccionar uma lista dos seus bens. Inclusive podemos agrupar estes bens em diversos segmentos para constatar sua multiplicidade e variedade.

• De onde procedem os fundos para a aquisição e a manutenção destes bens comunitários?

• Quem os administra e como?

• Qual será seu uso justo ou injusto?

• Como afeta o grupo a conservação ou a degradação destes bens?

Também podemos tentar fazer um levantamento do valor econômico dos bens deteriorados por mau uso e ver como o fato repercute entre os membros da comunidade.

# Paz

## O que é a paz?

Para entender o que é a paz, o melhor é recorrer à Declaração Universal dos Direitos Humanos, proclamada pelas Nações Unidas em Paris, em 10 de dezembro de 1948, na qual se diz:

• O reconhecimento da dignidade inerente a todos os membros da família humana e de seus direitos iguais e inalienáveis constitui o fundamento da liberdade, da justiça e da paz no mundo.

• A desatenção e o menosprezo dos direitos humanos conduziram a atos de barbárie que sublevam a consciência da humanidade.

• A chegada de um mundo onde os seres humanos gozarão da liberdade de palavra e de pensamento e serão liberados do medo e da miséria tem sido proclamada como a aspiração mais alta da humanidade.

• É essencial que os direitos humanos sejam protegidos por leis para que o homem não se veja impelido, como último recurso, à revolta contra a tirania e a opressão.

• É essencial promover o desenvolvimento de relações amistosas entre as nações.

• As Nações Unidas afirmaram sua fé nos direitos humanos fundamentais, na dignidade e no valor da pessoa humana e na igualdade de direitos entre homens e mulheres, e decidiram promover o progresso social e melhorar as condições de vida em uma liberdade mais ampla.

E, ainda que a voz pessimista que todos levamos dentro de nós nos sussurre que tudo são belos propósitos e utopias de sonhadores, a voz da esperança tem de gritar que devemos nos aproximar da paz como se fosse uma meta distante para a qual todos corremos; é um projeto humano tão ambicioso que merece o esforço de todos, apesar dos obstáculos e dos fracassos. A paz é algo imenso, formado por pequeníssimas partículas com que todos devemos contribuir.

## *Educar nossos filhos na paz*

**N**ós, educadores, temos a possibilidade única de formar na paz os pequenos de casa por meio da nossa atitude prática, de diálogo, compreensiva e serena, que não é oposta à retidão, à energia, nem à exigência.

O clima da casa deve ser pacífico, e as inevitáveis brigas infantis devem nos levar sempre a uma reflexão oportuna sobre a paz e a não violência. Devemos demonstrar com a prática diária que o acordo, o diálogo e a aproximação afetuosa diminuem a violência e trazem a paz.

Finalmente, sempre que seja possível, devemos insistir em que ser bom, ser pacífico e ser portador da paz não significa ser tonto; pelo contrário: é preciso ser muito forte para trabalhar pela paz; é muito mais fácil trabalhar para a discórdia.

**Uma casa pacífica e alegre é a melhor escola de paz.**

## Paz e violência

**N**ossa atitude será sempre pacífica e pacifista; e se perdermos o autocontrole e tomarmos uma atitude agressiva, porque tudo é possível, rapidamente devemos pedir perdão e reconhecer que às vezes os nervos nos traem, mas este não é um bom caminho para a convivência. Dessa maneira, daremos duas lições de uma vez: de paz e de humildade.

Sem dúvida, e com verdadeiro pesar, não devemos ocultar dos pequenos que a injustiça deve ser enfrentada, como último recurso, com violência. Como reconhece o prólogo da Declaração Universal dos Direitos Humanos: só o respeito à justiça conseguirá "... que o homem não se veja impelido, como último recurso, à sublevação contra a tirania e a opressão".

De todo modo, a legítima defesa deve ser sempre legítima e por defesa. Isto deve ficar bem claro!

*A verdadeira paz é a abundância de bens.*

 **FRASES CÉLEBRES**

– Com a concórdia as coisas pequenas crescem, com a discórdia as maiores afundam. (Salústio, historiador romano)

– É mais fácil abster-se de uma discussão do que sair dela. (Sêneca, filósofo latino)

– A guerra é doce para os que não a provaram. (Erasmo de Roterdã, humanista holandês)

– A guerra é fruto da debilidade e da estupidez humana. (Romain Rolland, escritor francês)

– A homenagem mais bonita que podemos oferecer aos mortos de todas as guerras deste século é a preservação da vida de seus filhos. (Federico Mayor Zaragoza, político espanhol e ex-diretor-geral da UNESCO)

# A verdadeira paz

— Você sabe o que é a paz?

— Claro, é a ausência de guerras.

— Quando não há guerra, há paz?

— Creio que sim.

— Quer dizer que paz significa que não há brigas, que não há lutas.

— Não sei, mas não me ocorre mais nada.

— Recordo uma frase de um chefe bretão chamado Cálgac que dizia, referindo-se à paz que levavam as legiões romanas: "Onde fazem um deserto, chamam-no de paz", e outra de Claudiano, que dizia: "Debaixo da paz se esconde uma guerra mais grave".

— Bem, bem. Então me diga, em que consiste a paz? A mim só me ocorre que é a tranquilidade, a quietude, a ordem... que as pessoas não se matem.

— Creio que só isto não é suficiente.

— Terá que se acrescentar algo mais positivo; não que a ausência de brigas não seja algo positivo, é muito positivo. Quero dizer que não seja só "ausência de", mas também "presença de".

— Consultemos um dicionário: "Pública tranquilidade e quietude, em contraposição à guerra". Mas não me serve muito porque, se busco "tranquilidade", me diz: "Sossego, paz, quietude". Vejamos outro dicionário: "Situação

em que não há guerra". Avançamos pouca coisa. Espere, espere, um pouco mais abaixo diz: "Estado ou situação de amizade e entendimento entre os membros de um grupo".

— Disso eu já gosto mais. Isso já é positivo. Siga por esse caminho para ver se melhoramos a ideia.

— Seria algo assim como "a abundância de bens para todo mundo, o progresso da cultura, a saúde, o bem-estar, a comunicação, a alegria, a segurança do futuro, o respeito à dignidade das pessoas e dos povos".

— Gostei. Ou seja, a paz como a acumulação de tudo o que é bom; a felicidade para todos.

— A paz não é só não matar, mas fazer viver; e viver de verdade. Procurar a paz é trabalhar para que todo mundo possa dizer: isto sim é viver!

— Já a vemos mais claramente.

— Paz é abundância de vida, não só ausência de lutas.

— Progredimos muito, muitíssimo.

## E os jogos bélicos, declaramos-lhes guerra?

**N**ão podemos fazer a guerra aos considerados jogos bélicos, mas podemos tomar atitudes como as que seguem:

Evitar dar às crianças jogos que imitem a cultura da guerra e da violência.

Preferir jogos que convidem à participação, à colaboração, ao diálogo e à diversão compartilhada.

Acreditarmos que, diante de um jogo bélico, é muito mais importante a atitude do que o objeto em si.

### ESTÁ CLARO QUE...

| | | |
|---|---|---|
| • Podemos eliminar tanques, fuzis e pistolas de brinquedo, | mas | • não podemos evitar que imitem a forma de uma pistola com os dedos. |
| • Podemos proibir que em casa haja jogos bélicos, | mas | • não podemos proibir que na casa de um amigo haja. |
| • Podemos tirar de casa todos os jogos de guerra, | mas | • não podemos eliminar todos os paus e pedras do campo. |
| • Podemos dar às crianças jogos de construção, | mas | • não podemos evitar que joguem as pedras na cabeça uns dos outros. |
| • Podemos jogar com eles e ensinar-lhes a serem cooperadores, | mas | • não conseguiremos que não se deem pontapés por baixo da mesa. |
| • Podemos não estar de acordo que os avós lhes deem uma magnífica pistola de plástico, | mas | • não podemos pôr a perder o carinho entre avós e netos com a nossa crítica. |
| • Podemos (e devemos) criar um ambiente pacífico em casa, | mas | • não podemos (nem devemos) subtraí-los do mundo em que vivem. |
| • Podemos sujeitar-lhes pés e mãos com violência, | mas | • não podemos sujeitar-lhes o coração senão com a paz. |

# Atividades

ATÉ 7 ANOS

## BELAS PALAVRAS DE PAZ

*Os pequenos gostam muito de compor versos com uma rima simples.*

*Componhamos com eles um par de versos sobre o tema da paz e da violência. Pode ser oralmente e depois por escrito.*

*Também podemos buscar sinônimos da paz e ver as diferenças ou matizes que incluem.*

*As listas por escrito sempre ajudam a fixar melhor as ideias.*

### DISTINTAS PROPOSTAS

• Fazer versinhos que rimem com paz.

• Escrever versinhos ou pequenos poemas sobre a paz.

• Compor uma lista de palavras parecidas com paz e pensar se existem diferenças entre elas.

• Classificá-las das mais "pacíficas" para as menos "pacíficas".

• Ordená-las por ordem alfabética, por tamanho, por terminação...

• • • • • • • • • • • • • • • • • • • • • • • • • • • • • • • • • • • • • • • • • • • • • • • • • • • • • • • • • • • • • • • • • • • • • •

## SÍMBOLOS DA PAZ

*Podemos descobrir e trabalhar com nossos filhos os símbolos e gestos pacíficos que eles veem nos desenhos, nos filmes, nos contos, próprios de nossa cultura ou de outras. Por exemplo, a pomba, o ramo de oliveira, dar as mãos, tremular uma bandeira branca, a cruz vermelha ou a meia-lua vermelha, um abraço de reconciliação, um beijo de paz, esfregar o nariz entre os esquimós...*

### SUGESTÕES

• Pôr estes símbolos em uma folha de papel.

• Tentar descobrir a possível origem destes signos; por exemplo: a pomba e o ramo de oliveira na Bíblia (Gênesis 8, 1-14); a cruz vermelha (a bandeira suíça com as cores invertidas, feita por seu fundador)...

ATÉ 12 ANOS

## "EU PODERIA TER BRIGADO"

Fazer com nosso filho uma lista de pessoas com as quais ele poderia ter brigado ao longo do dia ou da semana.

Em seguida, buscar o porquê e as possíveis soluções não só para evitar a briga, mas para que os dois saiam ganhando com a situação.

### PROPOSTA PRÁTICA

Escrever em um papel uma lista com quatro colunas:

• Pessoas com as quais eu poderia ter brigado.

• Razão pela qual eu poderia ter brigado.

• Solução para não brigar.

• Solução benéfica par os dois (se for possível).

Em seguida, pode-se ilustrar a situação com um desenho e colocá-lo num lugar visível da casa.

### SUGESTÕES

Para orientar, pode ser especialmente interessante a leitura das biografias de Henri Dunant, Albert Schweitzer, Martin Luther King, Madre Teresa de Calcutá, Adolfo Pérez Esquivel, Lech Walesa, Desmond Tutu, Rigoberta Menchú, Nelson Mandela ou as histórias da Cruz Vermelha Internacional, ou da Unicef.

## PRÊMIOS NOBEL DA PAZ

Buscar na Internet a lista de Prêmios Nobel da Paz e pesquisar os motivos que os fizeram merecedores dessa homenagem tão importante.

Finalmente, podemos buscar a biografia de Alfred Bernhard Nobel e estudar o que o levou a constituir a fundação que leva o seu nome.

## A PAZ E O ESPORTE

Nossos filhos seguramente praticam algum esporte ou, pelo menos, têm possibilidade de assistir sua transmissão pela televisão ou ler suas crônicas nos jornais.

A prática desportiva constitui um bom modo de cultura para constatar e refletir sobre a violência, a paz e todas as atitudes positivas ou negativas em torno do tema que nos ocupa.

### OBSERVAÇÕES

Se eles são os protagonistas, poderão oferecer em primeira mão as experiências sobre as quais poderemos refletir em casa. Seguramente depois de cada competição terão casos pitorescos que poderemos avaliar convenientemente.

Pensemos nos jogadores, mas também no público, que frequentemente dá mostras de conduta violenta e selvagem. Não só nos interessa o negativo (violência, insultos), como também o positivo (autocontrole, reconciliação); destaquemos as condutas positivas.

# Alegria

## A alegria é a manifestação da felicidade

A felicidade é a plenitude de bem-estar que sentimos dentro de nós, é a complacência com o que nos acontece ou do que temos, é o gozo de um bem que possuímos.

Ainda que se trate de uma realidade da qual todos falamos, é muito difícil ultrapassar definições tão vagas como as que acabamos de sugerir. Além disso, cada pessoa tem a sua própria versão do que é ser feliz.

Seja o que for, todos estamos de acordo que ela tem um efeito externo e visível, que é a alegria. Enquanto a felicidade se sente no profundo da alma, a alegria salta à vista.

Por que somos felizes e, portanto, estamos alegres? Porque temos o que desejamos. A alegria tem uma estreita relação com nossas ambições e nossos desejos.

Se pomos muitas condições para a felicidade, ou seja, se necessitamos muito para ser felizes, será mais difícil ficarmos alegres. Isso não significa que devemos renunciar às nossas metas e aos nossos desejos, mas sim que devemos adaptá-los e parcelá-los de tal modo que possamos usufruir deles pouco a pouco.

## *Gozar das pequenas coisas*

**E**nsinar nossos filhos a desfrutar das pequenas coisas oferecidas a cada dia será, possivelmente, a forma mais efetiva de educá-lo no valor da alegria.

Ainda que nos importem muito os grandes ideais, os projetos em longo prazo, estes só nos causam alegria quando realizados, se o forem. Por isso, devemos parcelar os planos ambiciosos em degraus acessíveis tanto nas possibilidades como no tempo. Dessa maneira, a felicidade e a alegria estarão sempre presentes em nossas vidas.

Dizem os filósofos que "esperar uma felicidade demasiado grande é um obstáculo para a felicidade", e a sabedoria popular o expressa assim: "A avareza rompe o saco".

Se somos avarentos da felicidade, e a queremos toda e de uma vez, seguramente ficaremos sem nada.

*Talvez do pessimismo se possa tirar algo positivo; mas do otimismo pode-se tirar muitíssimo.*

## *A lição otimista do velho professor*

– **P**ara ser feliz na vida devemos olhar a realidade com lentes cor-de-rosa – dizia o professor aos seus alunos para contagiar-lhes de otimismo.

Uma aluna pediu a palavra e, dirigindo-se ao professor, disse-lhe: – Professor, não seria melhor recomendarmos que olhássemos o que há de rosa nas coisas?

O professor ficou atônito. Que lição de verdadeiro otimismo acabava de dar aquela garota! Nunca mais repetiu aquilo das lentes cor-de-rosa.

O otimismo é uma atitude ante a vida, uma maneira de querer ver a vida.

Depois de uns anos, aquele professor dizia a seus alunos: – O otimismo e o pessimismo não são simétricos. As crianças, no princípio, não compreendiam o sentido profundo da frase e o professor sorria ante o gesto de perplexidade dos alunos. Então ele explicava: – Quero dizer que se o pessimismo está naquele extremo da classe, e o otimismo neste outro, nós não estamos situados exatamente no meio, à igual distância de ambos. Por isso digo que não são simétricos. Podemos estar mais perto do pessimismo, e devemos fazer força para nos aproximar do otimismo se queremos dar sentido à vida, se queremos ser felizes. Optei por estar perto do otimismo e creio que tem funcionado bastante bem; eu recomendo a todo mundo.

Também contava a anedota das lentes cor-de-rosa e dizia que é preciso ver o que há de rosa nas coisas. Não é preciso falsear a realidade, seria estúpido; as coisas são como são e devem ser vistas de frente. Mas podemos fixar os olhos nos aspectos positivos.

– E isto não é enganar-se, professor? – interpelavam seus alunos.

– Não; isto é querer ser otimista, querer ser feliz e querer fazer felizes os demais. Os pessimistas nunca melhorarão o mundo; para tentar é preciso ser otimista. Os pessimistas dão o mundo por perdido e creem que não há nada a ser feito, enquanto os otimistas pensam que sempre é possível fazer algo para melhorá-lo.

*A felicidade se manifesta pela alegria.*

Então lhes recordava a recomendação mais bela de Baden-Powell (general britânico): "Deixe o mundo um pouco melhor que como o encontrou".

Não esqueçamos que nossa atitude será o método mais eficaz para educar as crianças no compromisso otimista ante a vida. Podemos inculcar o valor da alegria nos nossos filhos com exemplos, lições e argumentos parecidos com os do mencionado professor, mas as palavras nunca poderão substituir o exemplo vivo.

# A camisa do homem feliz

*Em um reino muito distante vivia um rei poderoso, amado por seus súditos e respeitado pelos soberanos vizinhos. Um dia o rei ficou doente e chamou os médicos da corte para que lhe dessem um remédio para o seu mal. Todos os eminentes doutores se reuniram em consulta, mas não diagnosticaram que doença tinha o monarca.*

*Passaram-se dias e semanas, e o rei estava cada vez mais triste.*

*— Tem a enfermidade da tristeza — concluíram os médicos reais.*

*E começaram a desenrolar velhos pergaminhos e antigos livros da arte da medicina para encontrar o remédio para a enfermidade da tristeza. As farmácias do reino preparavam as mais raras poções e xaropes medicinais. Tudo em vão; o rei estava cada vez mais triste, mais melancólico, e sua tristeza chegava a todos os cantos do palácio.*

*Certo dia um médico de longas barbas brancas se ofereceu para visitar o soberano e buscar o remédio para seu terrível mal. O rei e seus médicos o chamaram. O recém-chegado o examinou, auscultou durante muito tempo, perguntou por todos os sintomas e solenemente sentenciou:*

*— Vossa Majestade só ficará curado se vestir a camisa de um homem feliz.*

*Imediatamente os emissários do rei partiram velozes por todos os caminhos do reino até os rincões mais distantes. Qualquer pessoa, que à primeira vista lhes parecesse feliz, logo os desenganava: "Sim, mas minha vista não está muito boa..."; "Sim, mas meu filho foi embora de casa e não sabemos onde ele está..."; "Sim, mas a colheita deste ano..."; "Sim, mas o reumatismo...".*

*Até que, por fim, ouviram um cantar alegre que chegava do meio do vale. Correram até lá e falaram com o homem que cantava a plenos pulmões enquanto preparava uma comida frugal embaixo da sombra de uma ponte para resguardar-se do sol.*

*— Você é completamente feliz, bom homem? — perguntaram-lhe.*

*— Sim, completamente feliz — respondeu o aldeão.*

*— Então dê-nos sua camisa porque o rei precisa dela para recobrar a saúde.*

*O homem começou a rir, abriu sua pobre jaqueta, e os emissários do rei viram com surpresa que... ele não usava camisa.*

*Este conto não significa que o modo de ser feliz é não usar camisa, nem que a pobreza automaticamente fornece felicidade; mas sim que a felicidade não pode depender de uma camisa e que ela deve brotar essencialmente do interior da pessoa e não das circunstâncias mutáveis.*

*Além disso, se cremos que algo concreto nos dará felicidade, corremos o risco de nunca sermos felizes.*

## A frustração é o contrário da alegria?

Temos dito que somos felizes porque possuímos o que desejamos e que esta felicidade se manifesta na alegria.

O que ocorre então quando não obtemos o que desejamos? Ficamos frustrados e a frustração é o inimigo mais potente da alegria.

As crianças podem experimentar frustração porque não conseguem, por exemplo:

- Tirar boa nota em um exercício escolar.
- Viajar nas férias com a família de um amigo.
- Encontrar aquilo de que necessitam.
- Falar com um amigo pelo telefone todo o tempo que querem.
- Que sua equipe favorita ganhe a partida.
- Que sua mãe lhes compre um sorvete.

Como podemos comprovar, eles têm (e nós temos) pequenas frustrações diárias e uma gama intermediária de frustrações de diferentes intensidades. Em todas elas existe um elemento comum: não conseguimos realizar o nosso desejo e, por isso, nos invade a tristeza, perdemos o bom humor, ficamos nervosos e desaparece o sorriso dos nossos lábios. Somente quando o conseguimos é que recuperamos a alegria.

*A frustração é somente uma tristeza momentânea.*

## Diversos estilos de enfrentar frustração

**P**ara os educadores é muito importante conhecer as reações que as crianças podem experimentar ante uma situação de frustração, para incentivar as mais sadias e reduzir tanto quanto possível as mais prejudiciais.

Podemos distinguir três grandes estilos de reação:

| ESTILO | COMO FUNCIONA? | COMO SE EXPRESSA? |
|---|---|---|
| **CONSIDERA ALGO TERRÍVEL** | Aquilo que não pode conseguir se converte em uma pedra pesada e lhe parece impossível suportar. Não pode tirar da cabeça o obstáculo frustrante, que se converte em obsessão.<br><br>Às vezes tenta diminuir a importância para não sentir seu fracasso com tanta veemência. | • É muito difícil para mim.<br>• Não conseguirei nunca.<br>• Se eu tivesse, não me aconteceria...<br>• É superior às minhas possibilidades...<br>• Quero, quero e quero!<br>• Tanto faz, terei outro melhor.<br>• Não era tão bonito como eu pensava.<br>• Se não me convidam, pior para eles. |
| **TENTA SE DEFENDER** | Busca algum culpado para carregar a frustração que sofreu e adota uma postura agressiva contra os demais.<br><br>Às vezes culpa-se a si mesmo, ainda que possa alegar uma desculpa. | • Ele me fez cair.<br>• O professor me persegue.<br>• Sempre me encarregam disso.<br>• A culpa é sua.<br>• Sou incapaz de conseguir.<br>• Não nasci para isso.<br>• Não estava na explicação.<br>• Não ouvi; eu estava falando.<br>• Perdi, de bobeira. |
| **BUSCA SOLUÇÕES** | Procura alguém que possa prestar-lhe ajuda para superar a frustração; reclama soluções, legítimas ou ilegítimas.<br><br>Ele mesmo busca solução ou decide ter paciência até que se solucione. | • Ajude-me, por favor.<br>• Empreste-me o caderno.<br>• Preciso de dinheiro, você me dá?<br>• Compre-me outro.<br>• Verá como lhe devolvo.<br>• Não farei mais isso.<br>• Eu farei direitinho quando crescer. |

## Cara ou coroa de cada estilo

| ESTILO | VANTAGENS | DESVANTAGENS |
|---|---|---|
| **CONSIDERA ALGO TERRÍVEL** | • Reconhece a importância do obstáculo.<br>• Por reação, pode relativizar seu impacto. | • Sua capacidade de reação positiva fica paralisada.<br>• Por reação, pode chegar a negar sua existência real. |
| **TENTA SE DEFENDER** | • Descarrega a agressividade que a frustração gera.<br>• Pode reconhecer as próprias responsabilidades. | • Esta agressividade pode criar novos problemas.<br>• Por autoacusação, podem surgir culpabilidades patológicas. |
| **BUSCA SOLUÇÕES** | • Busca um caminho para superar a frustração.<br>• A paciência pode trazer objetividade e serenidade. | • Pode criar uma confiança excessiva na solução.<br>• A demora pode converter-se em refúgio da inoperância ou da preguiça. |

**F**azendo uma avaliação global dos três estilos, podemos concluir que:

• **Considera algo terrível** é o estilo mais estéril e que tende a paralisar a pessoa.

• **Tenta se defender** apresenta aspectos sadios (a busca das causas, a descarga emocional), mas não tende a resolver a situação.

• **Busca soluções** é o mais produtivo e o mais sadio dos três, já que procura soluções positivas. Devemos incentivar que nossos filhos adotem este estilo e ajudá-los a buscar melhores soluções.

### FRASES CÉLEBRES

– Se choras porque perdeu o sol, as lágrimas não te deixarão ver as estrelas.
(Rabindranath Tagore, escritor indiano)

– O segredo da felicidade não está em fazer sempre o que se quer, mas em querer sempre o que se faz.
(Leon Tostói, escritor russo)

– Não há ninguém que seja feliz gratuitamente. (Plauto, escritor latino)

– A alegria é o que move os ponteiros do grande relógio do mundo. (Friedrich Schiller, escritor alemão)

# Atividades

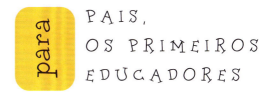

**para PAIS, OS PRIMEIROS EDUCADORES**

## SOMOS EDUCADORES PORQUE...

- *Temos uma esperança infinita no ser humano.*
- *Cremos que a pessoa sempre pode melhorar.*
- *Cremos que a pessoa sempre é capaz de seguir adiante.*
- *Nunca damos a pessoa por perdida.*
- *Pensamos que a pessoa é de argila, mas argila maleável.*
- *Sabemos que não é rocha dura; se fosse assim, só nos restaria quebrá-la e fazer cacos.*
- *Pensamos que a pessoa é um ramalhete de possibilidades.*
- *Estamos seguros de que, apesar de todos os pesares, o coração da pessoa permanece sempre aberto.*
- *Temos fé em nossos filhos.*

## SE NÃO FOSSE ASSIM...

- *Não perderíamos tempo com uma tarefa inútil.*
- *Não pretenderíamos melhorar o que não pode ser melhorado.*
- *Não diríamos nunca: "Fez bem! Adiante! Muito bem!".*
- *Seríamos fatalistas e deixaríamos as coisas tal como estão.*
- *Não nos doeriam os erros e os sofrimentos dos demais.*

- Pais perfeitos; pobres filhos!
- Pais que poderiam fazer melhor: todos!
- Pais que erraram: normal!
- Pais que perderam a esperança: jamais!

# Ávore geral dos valores

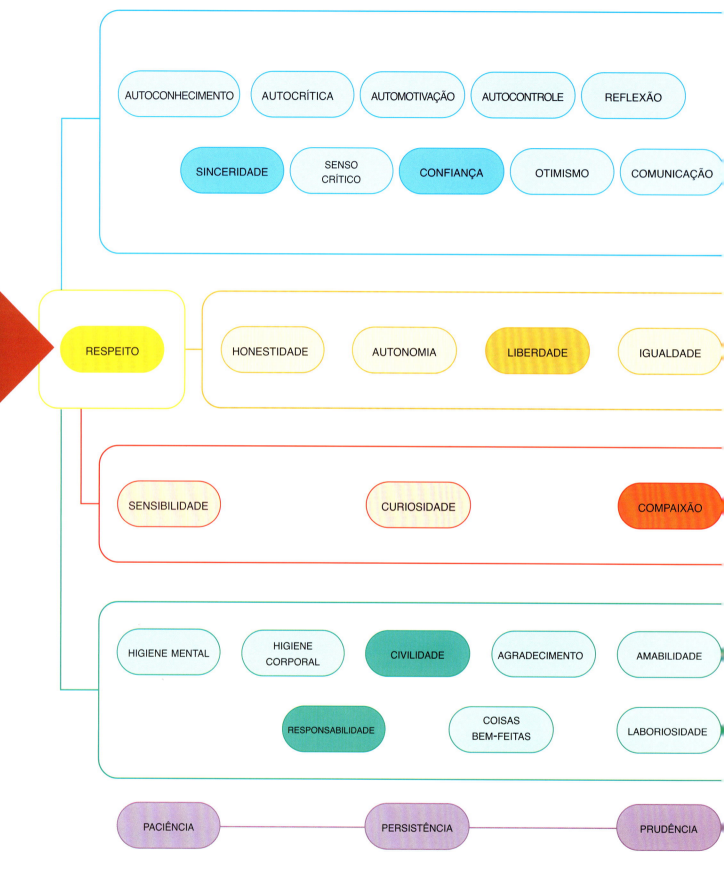

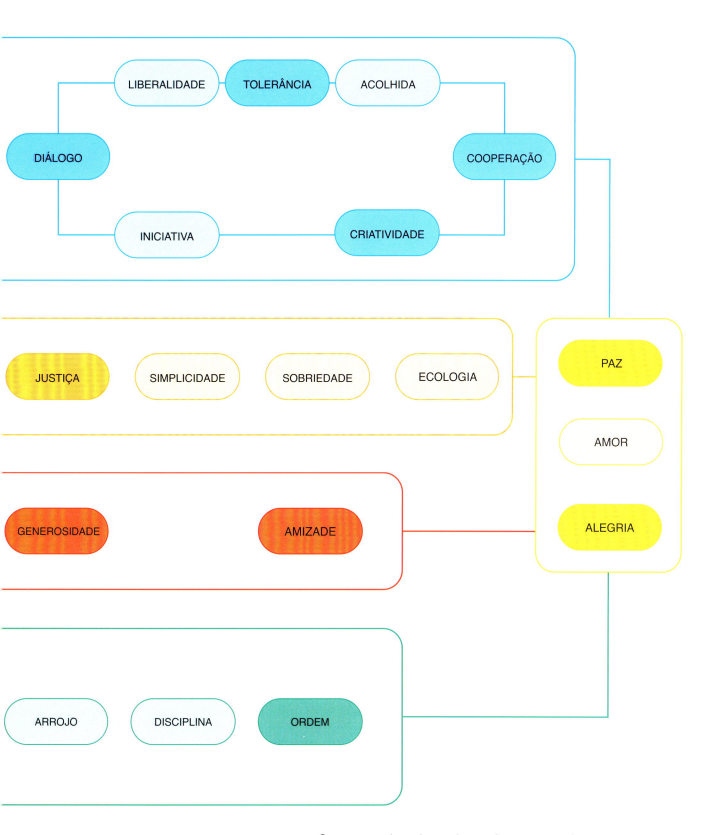

• Quarenta e oito valores, dos quais, para esta obra, escolhemos 20, considerados essenciais para a educação e a convivência de crianças entre 6 e 12 anos de idade.

# Glossário de personalidades citadas

## A

• **ADORNO, Theodor Wiesengrund**
Frankfurt am Main (Alemanha), 1903–Visp (Suíça), 1969. Filósofo e sociólogo que fez parte do grupo da Escola (filosófica) de Frankfurt. Sua obra escrita é muito extensa e abarca temas muito diferentes (sobretudo ensaios filosóficos, sociológicos e musicológicos).

• **ANDERSEN, Hans Christian**
Odense (Dinamarca), 1805–Copenhague (Dinamarca), 1875. Escritor dinamarquês que, apesar de ter escrito novelas e obras de teatro, é conhecido, sobretudo, por suas coleções de contos, que incluem tanto relatos tradicionais como contos de nova criação (*O patinho feio*, *A pequena sereia* e *A roupa nova do imperador*).

• **APOLONIO de Rodes**
c. 295–230 a.C. Poeta e gramático alexandrino, discípulo de Calímaco. Depois de brigar com seu mestre, foi para Rodes, onde publicou sua epopeia *Os argonautas*.

• **ARISTÓTELES**
Estagira, 384–Cálcis, 322 a.C. Filósofo grego que, aos 17 anos, deixou sua cidade natal para ingressar na Academia de Atenas, onde foi discípulo de Platão. Anos depois, fundou na mesma cidade de Atenas sua própria escola filosófica, o Liceu, onde ensinava a partir de investigações e análises sobre os campos mais diversos (fauna, política, gêneros literários, física e química...).

## B

• **BACON, Francis**
Londres (Inglaterra), 1561–1626. Filósofo inglês que, seguindo a carreira política de seu pai, foi chanceler da Inglaterra até que, em 1621, o Parlamento o acusou de corrupção e foi excluído da vida pública. Dedicou os últimos anos de sua vida à filosofia e à ciência.

• **BADEN-POWEL (*sir* Robert Stephenson)**
Londres (Inglaterra), 1857–Nyeri (Quênia), 1941. General britânico que se interessou pela educação da juventude e fundou a organização dos escoteiros (1908), que logo se converteu em internacional, e também a das bandeirantes (1910).

• **BERNANOS, Georges**
Paris (França), 1888–Neuilly-sur-Seine (França), 1948. Escritor francês de educação jesuítica e formação em Direito e Letras. Suas primeiras obras constituem duras críticas ao estamento eclesiástico, mas as guerras da Europa dos anos 1920 e 1930 deram uma guinada no trabalho do escritor, que começou a escrever panfletos políticos e obras dedicadas a plasmar os horrores da guerra.

• **BOUTROS-GHALI, Boutros**
Cairo (Egito), 1922. Diplomata egípcio que, depois de estudar direito e ser professor, foi nomeado ministro de Estado das Relações Exteriores do Egito (1977-1991). Em 1992 foi nomeado sexto secretário-geral das Nações Unidas, cargo que desempenhou até o final de 1996. É autor de mais de 100 publicações e numerosos artigos sobre relações internacionais, direito e diplomacia, e também ciências políticas.

## C

• **CERVANTES SAAVEDRA, Miguel de**
Alcalá de Henares (Espanha), 1547–Madri (Espanha), 1616. Escritor espanhol cuja juventude se caracterizou por suas façanhas militares (na batalha de Lepanto ficou inválido de uma mão). Só começou a despontar como escritor aos 58 anos, a partir da publicação da primeira parte de *Dom Quixote* (1604). Ainda que o prestígio literário não pusesse fim à sua precária situação econômica, permitiu-lhe publicar o restante de sua obra (novelas exemplares, comédias e peças teatrais...). Na atualidade, o "Quixote" é considerado um dos livros mais importantes da história da literatura universal.

• **CÍCERO, Marco Túlio**
Arpino, 106–Formies, 43 a.C. Este orador, político e filósofo romano iniciou sua vida pública como advogado e os destacados êxitos nas causas que defendeu levaram-no a cônsul do Senado no ano de 63 a.C. Ficou famoso por seus discursos e alegações, e também pelos tratados que escreveu sobre a eloquência e a política.

• **CONFÚCIO**
País de Lu (atual Shandong, China), c. 552 – 479 a.C. É o mais famoso dos filósofos e teóricos políticos chineses de todos os tempos. Dedicou-se essencialmente ao ensino da ética social e fundou a doutrina que no Ocidente se conhece pelo nome de confucionismo, baseada em que, ao cultivar-se a si mesmo, o sábio difunde ao seu redor um princípio de ordem que se estende do indivíduo ao universo inteiro.

## D

• **DICKINSON, Emily**
Amherst (Massachusetts, EUA), 1830-1886. Poeta norte-americana que levou sempre uma vida retirada e solitária, dedicada a escrever seus breves poemas. Ainda que só tenha chegado a ver dois de seus poemas publicados, a partir de 1890 sua obra completa começou a vir à luz para consagrar sua autora como uma lírica do mais alto escalão da literatura norte--americana do século XIX.

• **DONNE, John**
Londres (Inglaterra), 1572–1631. Poeta inglês de família católica que se converteu ao anglicanismo, provavelmente para poder exercer cargos públicos proibidos aos católicos. Chegou a ser sacerdote anglicano e se doutorou em teologia. Seus poemas de juventude são canções, sonetos e sátiras, ao passo que sua obra da maturidade caracteriza-se por poemas religiosos e sermões.

• **DOSSI, Carlo**
Zenevredo (Pádua, Itália), 1849–Cardina (Como, Itália), 1910. Escritor italiano que foi um dos representantes mais originais da boemia italiana (a chamada *scapigliatura*). Sua obra caracteriza-se pelo humor e pela experimentação linguística.

## E

• **EMERSON, Ralph Waldo**
Boston (EUA), 1803–Concord (Massachusetts, EUA), 1882. Escritor e filósofo norte-americano que estabeleceu os princípios da filosofia transcendentalista, segundo a qual a alma (ou consciência individual) é o juiz supremo em matéria espiritual, mais dos que as crenças e dogmas tradicionais.

• **ERASMO de Roterdã**
Roterdã (Holanda), c. 1469–Basiléia (Suíça), 1536. Humanista holandês de expressão latina que, depois de um profundo estudo das letras clássicas, assentou as bases de uma grande renovação espiritual (a Reforma) dentro da Igreja. Considerava que, além da especulação teológica, o importante era a pureza de coração, e opunha a moral evangélica e a religião interior à preponderância dos formalismos da Igreja.

• **ESOPO**
século VI a.C. Fabulista grego a quem se atribuem as fábulas esópicas, breves narrações de caráter alegórico e moral em que os animais desempenham os papéis principais. Nelas se inspiraram grandes fabulistas como La Fontaine, Iriarte, Samaniego...

## F

• **FONTANE, Theodor**
Brandenburgo (Alemanha), 1819–Berlim (Alemanha), 1898. Escritor alemão que começou escrevendo baladas, mas que se destacou, sobretudo, como autor de novelas. Sua obra literária caracteriza-se pela maneira humorística com que trata os problemas sociais.

• **FRANKLIN, Benjamin**
Boston (EUA), 1706–Filadélfia (EUA), 1790. Filósofo, físico e político norte-americano, tão conhecido por suas investigações sobre os fenômenos elétricos que o levaram a inventar o para-raios (1752) como por sua carreira política que fez com que muitos o vissem como símbolo da liberdade e da revolução.

## G

• **GAUTIER, Pierre Jules Théophile**
Tarbes (França), 1811–Neuilly-sur-Seine (França),

1872. Escritor francês que, depois de tomar parte da juventude romântica mais exaltada, desenvolveu a teoria "da arte pela arte". Sua obra poética mais conhecida, *Esmaltes e camafeus* (1851), é uma clara mostra do afã de perfeição formal que fez dele um precursor dos parnasianos e mestre da geração de Baudelaire.

• **GOETHE, Johann Wolfgang von**
Frankfurt am Main (Alemanha), 1749–Weimar (Alemanha), 1832. Escritor alemão que aliou durante toda a sua vida as inquietudes literárias à investigação científica e ao interesse pela política e pela economia. Sua principal obra é, sem dúvida, Fausto (1808), um drama que recria a lenda de *Fausto*, o homem que vende sua alma ao diabo em troca do saber e de bens terrenos.

• **GRAF, Arturo**
Atenas (Grécia), 1848–Turim (Itália), 1913. Escritor italiano que desenvolveu sua obra crítica e poética sob a influência dos românticos alemães e de Leopardi.

• **GRIMM, Jacob e Wilhelm**
Hanau (Alemanha), 1785–Berlim (Alemanha), 1863, e Hanau (Alemanha), 1786–Berlim (Alemanha), 1859. Conhecidos como Irmãos Grimm, Jacob e Wilhelm dedicaram boa parte de sua carreira profissional à compilação de contos e lendas tradicionais, que sobreviveram ao longo dos séculos e continuam fazendo parte do universo imaginário das crianças.

## H

• **HORÁCIO**
Venosa (Apulia), 65–8 a.C. Filósofo e poeta latino que escreveu desde poemas satíricos e mordazes até odes e interessantes reflexões morais. Sua filosofia pode se resumir no verso *Carpe diem* (Aproveite o dia), que o relaciona ao hedonismo ou moral do prazer, ainda que submetido, no seu caso, ao controle da razão.

• **HOUDAR DE LA MOTTE, Antoine**
Paris (França), 1672–1731. Também conhecido como La Motte-Houdar, este escritor francês traduziu a *Ilíada* de Homero e defendeu os modernos na famosa querela entre antigos e modernos, que teve lugar na Academia Francesa durante a última década do século XVII.

• **HUGO, Victor Marie**
Besançon (França), 1802–Paris (França), 1885. Escritor francês que, aos 15 anos, decidiu consagrar sua vida à literatura e começou a escrever poesia, teatro e novelas. Com os anos, sua obra se fez muito mais grave e profunda e adquiriu uma decidida vontade de testemunhar, como demonstra uns de seus principais êxitos: a novela *Os miseráveis* (1862).

## J

• **JUSTINIANO**
Próximo à atual Skpje, 482–Constantinopla, 565. Imperador bizantino que, durante os anos de seu mandato (527–565), lutou por estabelecer o território do antigo Império Romano e converter o Mediterrâneo em um lago bizantino. De fato, conseguiu que Bizâncio se tornasse o centro do tráfego entre a Europa e a Ásia, e importante foco intelectual.

## L

• **LAO-TSÉ (Laozi)**
c. século VI a.C. Filósofo chinês fundador do taoísmo, uma das grande religiões chinesas, e autor do célebre texto sagrado desta escola: o *Tao Te-king* (Daodejing). O taoísmo tem como objetivo mostrar o caminho que leva ao Tao absoluto, via a metafísica que constitui o substrato da natureza, em perpétuo processo de mudança.

• **LEOPARDI, conde Giacomo**
Recanati (Itália), 1798–Nápoles (Itália), 1837. Escritor italiano conhecido tanto por seus *Pensamentos*, conjunto de máximas que recolhem sua amarga experiência de vida, como por seus *Cantos*, uma mescla de romantismo por seu fundo melancólico e cético, e classicismo por sua forma concisa e luminosa.

• **LINCOLN, Abraham**
Hodgenville (Kentucky, EUA, 1809–Washington (EUA), 1865. Político norte-americano que, desde a origem do Partido Republicano, dirigiu uma ampla campanha antiescravista. Foi nomeado presidente dos Estados Unidos da América em 1861, cargo que desempenhou até ser assassinado em um teatro de Washington por um ator fanático, John Wilkes Booth.

## M

• **MAISTRE, conde Joseph de**
Chambéry (França), 1753–Turim (Itália), 1821. Político, escritor e filósofo sardo que surgiu como um dos principais adversários da Revolução Francesa e das ideias da Ilustração, defendendo a proeminência do sentido comum, da intuição e da fé diante da razão.

• **MARITAIN, Jacques**
Paris (França), 1882–Toulouse (França), 1973. Filósofo francês que defendeu a escolástica tomista e se opôs ao totalitarismo. Ocupou a cátedra de lógica e cosmologia no Instituto Católico de Paris.

• **MAURIAC, François**
Bordeaux (França), 1885–Paris (França), 1970. Ainda que tenha se tornado conhecido como poeta, dedicou grande parte de sua obra às novelas e aos ensaios, nos quais refletia sua preocupação como católico e como escritor, assim como sua oposição a todos os regimes totalitários. Em 1952 recebeu o Prêmio Nobel de Literatura.

• **MAYOR ZARAGOZA, Federico**
Barcelona (Espanha), 1934. Cientista e político espanhol que depois de ministro da Educação e Ciência (1981–1982), ocupou o cargo de diretor- -geral da UNESCO (Organização das Nações Unidas para a Educação, a Ciência e a Cultura) de 1987 a 1999.

## N

• **NAPOLEÃO I**
Ajaccio (Córsega, França) 1769–Santa Helena, 1821. Imperador dos franceses entre 1804 e 1815, dedicado à conquista ilimitada para levar o poder da França além de suas fronteiras. Considerado por si mesmo "filho da Revolução", lutou por terminar com as monarquias absolutas, ainda que também tenha consagrado uma nova dinastia.

## O

• **OVÍDIO**
Sulmona, 43 a.C.–Tomis, 17 ou 18 d.C. Poeta latino, cuja obra caracteriza-se pela variedade de temas que aborda e por seu estilo refinado. De sua produção, destaca-se, sobretudo, o poema mitológico *As metamorfoses*.

## P

• **PÉGUY, Charles**
Orléans (França), 1873–Seine-et-Marne (França), 1914. Escritor francês que dedicou sua obra à redação de manifestos socialistas e outros ensaios de reflexão política e nacionalista.

• **PIRANDELLO, Luigi**
Agrigento (Itália), 1867–Roma (Itália), 1936. Escritor italiano famoso por suas obras de teatro, que constituem a renovação mais importante da dramaturgia moderna antes de Brecht. Ainda que muitas de suas peças teatrais abordem o tema do desdobramento, também merecem destaque suas reflexões sobre as condições da representação.

• **PITÁGORAS**
Samos, c. 570–Metaponte, c. 480 a.C. Matemático e filósofo grego que fundou uma escola dedicada ao estudo das matemáticas, da astronomia, da música, da fisiologia e da medicina, baseando-se na crença do número como princípio de todas as coisas. Para os pitagóricos, a moral consistia em uma regulamentação estrita de comportamento e tarefas.

• **PLAUTO**
Sarsina (Úmbria, Itália), c. 254–Roma, 184 a.C. Poeta cômico latino que, depois de ser ator e diretor de uma companhia teatral, dedicou-se a escrever suas próprias comédias.

• **PLUTARCO**
Queronea, c. 50–125. Escritor grego, mais moralista que filósofo ou historiador, foi um dos últimos grandes representantes do helenismo quando este chegava ao fim.

• **POE, Edgar Allan**
Boston (EUA), 1809–Baltimore (EUA), 1849. Escritor norte-americano, famoso por suas *Histórias extraordinárias* (1840) e por sua concepção de poesia como forma de busca da beleza. Sua obra teve grande aceitação entre os grandes autores da poesia francesa do século XIX (Baudelaire, Mallarmé).

## Q

- **QUINTILIANO**
Calagurris Nassica, c. 30–100. Retórico romano que se tornou famoso como advogado e como professor. Sua grande obra (*De institutione oratoria*) é um programa de educação baseado na retórica ciceroniana.

## R

- **RABELAIS, François**
La Devinière (França), c. 1494–Paris (França), 1553. Escritor francês que, depois de passar pelas ordens franciscana e beneditina, dedicou-se à medicina e a escrever novelas mordazes, que se caracterizam pelo uso da paródia para tratar dos grandes problemas da época. Suas obras mais conhecidas são as famosas *Gargântua* e *Pantagruel*.

- **ROLLAND, Romain**
Clamecy (França), 1866–Vézelay (França), 1944. Escritor francês cuja obra conta tanto com ensaios filosóficos, musicológicos e políticos como com biografias sobre grandes criadores e uma novela importante. Seu objetivo era orientar a energia dos homens para um ideal de beleza, paz e liberdade.

## S

- **SAINT-EXUPÉRY, Antoine de**
Lyon (França), 1900–desaparecido em missão aérea em 1944. Aviador e escritor francês conhecido em todo o mundo por ser o autor do conto *O pequeno príncipe* (1943), cujo sentido poético e simbólico o tornaram muito popular entre todas as classes de leitores.

- **SALÚSTIO**
Amiternum, 86–35 a.C. Historiador romano que se dedicou à política e, quando se retirou dela, começou a escrever obras históricas. Ainda que num primeiro momento fosse muito influenciado pelo partidarismo próprio de sua carreira política, com o tempo foi ganhando objetividade e converteu-se em um historiador muito estimado da época.

- **SCHILLER, Friedrich von**
Marbach (Alemanha), 1759–Weimar (Alemanha), 1805. Escritor alemão, amigo de Goethe, que escreveu desde dramas e tragédias para o teatro até ensaios históricos e poemas filosóficos. O grande tema que domina sua obra é a força do espírito e da liberdade.

- **SCHLEIERMACHER, Friedrich Daniel Ernst**
Breslau (Alemanha), 1768–Berlim (Alemanha), 1834. Teólogo alemão que exerceu o cargo de pastor e professor. Baseava sua teologia na experiência religiosa sobre o sentimento e a intuição, e teve grande influência nas correntes protestantes.

- **SÊNECA**
Córdoba (Espanha), c. 3 a.C.–Roma, 65 d.C. Escritor, filósofo e político latino, considerado um dos grandes professores do estoicismo, ainda que na realidade sua conduta tenha ficado muito longe desta doutrina. Suas tragédias, que mostram sua concepção agônica da vida e do herói, tiveram grande influência no Renascimento, sobretudo na Inglaterra (Shakespeare), e constituem o vínculo principal entre a tragédia antiga e a moderna.

- **SHAKESPEARE, William**
Stratford on Avon (Inglaterra), 1564–1616. Poeta dramático inglês que começou trabalhando como ator e fazendo ajustes nas obras de outros autores. Sua obra consta de alguns poemas (*Sonetos*), mas ele é conhecido principalmente por sua produção dramática, que inclui tanto comédias ligeiras e temas históricos como grandes tragédias, entre as quais se destacam títulos como *Hamlet*, *Otelo*, *Macbeth*, *Romeu e Julieta* e *Rei Lear*.

- **SHAW, George Bernard**
Dublin (Irlanda), 1856–Ayot Saint Lawrence (Irlanda), 1950. Escritor irlandês que se tornou famoso por converter suas obras de teatro em uma plataforma para defender suas ideias e combater os tabus da sociedade, mediante a sátira e a crítica. Assim o demonstra sua obra mais representativa: *Pigmalião* (1912).

- **SPINOZA, Baruch de**
Amsterdã (Holanda), 1632–Haia (Holanda), 1677. Filósofo holandês que herdou a retórica cartesiana de Descartes. Identificou Deus com a natureza e rechaçou a consideração de bem e de mal como absolutos, ao mesmo tempo em que liberava o pensamento político da teologia e da moral.

## T

- **TAGORE, Rabindranath**
Calcutá (Índia), 1861–Santiniketan (Bengala, Índia), 1941. Escritor hindu que promulgou os postulados da liberdade intelectual e da formação harmônica do ser humano. Fundou uma escola e, mais tarde, a universidade de Visva Bahrati. Sua obra o levou a receber o Prêmio Nobel de Literatura em 1913.

- **TERÊNCIO**
Cartago, c. 185–159. Comediógrafo latino que, como Plauto, imitou os autores gregos, mas neste caso sem introduzir elementos do mundo romano. Seu teatro excede em cenas sentimentais e personagens simpáticos.

- **TOLSTÓI, Liev Nikoláievich**
Yásnaia Poliana (Tula, Rússia), 1828–Astápoco (Riazán, Rússia), 1910. Escritor russo considerado o criador do "realismo psicológico" graças a suas novelas de denúncia de injustiças sociais. Seu principal romance, *Guerra e paz*, é um grandioso painel da vida russa durante a invasão napoleônica e se define como uma das maiores epopeias narrativas da literatura moderna.

## U

- **UNAMUNO, Miguel de**
Bilbao (Espanha), 1864–Salamanca (Espanha), 1936. Escritor e filósofo espanhol que se dedicou, tanto no trabalho de professor como nas suas obras de ficção e ensaios, a transmitir suas ideias sobre o conflito interior entre a razão e a fé, entendida como desejo de imortalidade, sobre a realidade ou irrealidade da existência, e sobre a difícil convivência e comunicação entre as pessoas.

## V

- **VIRGÍLIO**
Andes, c. 70–Brindisi, 19 a.C. Poeta latino cuja obra se caracteriza pelo refinamento técnico e por uma temática que reflete os sofrimentos e ilusões do homem de sua época. Sua obra mais ambiciosa, *Eneida*, é uma epopeia nacional composta para aumentar o patriotismo e a religiosidade dos cidadãos de Roma.

## W

- **WILDE, Oscar**
Dublin (Irlanda), 1854–Paris (França), 1900. Escritor irlandês que, com obras como *O retrato de Dorian Gray*, converteu-se em um dos maiores representantes do esteticismo decadentista do final do século XIX. Também foi um dos melhores comediógrafos da época e propiciou o renascimento de um teatro que oscilava entre o humorismo, a sátira e o patetismo.

- **WILSON, Thomas Woodrow**
Staunton (Virginia, EUA), 1856–Washington (EUA), 1924. Estadista norte-americano que foi eleito presidente dos Estados Unidos da América em 1912, e que levou a cabo as negociações com os países europeus durante a Primeira Guerra Mundial. Recebeu o Prêmio Nobel da Paz em 1919.

## Z

- **ZOLA, Émile**
Paris (França), 1840–1902. Escritor francês que propugnou as teses do naturalismo aplicadas à novela, ao teatro e ao ensaio. Neste sentido, sua obra se caracteriza por ser uma literatura de análise, que se inspira nos princípios da ciência e concede grande importância às determinações materiais das paixões humanas.

- **ZSCHOKKE, Heinrich**
Magdeburgo (Alemanha), 1771–Aarau (Suíça), 1848. Escritor suíço de origem alemã que foi um dos principais representantes do liberalismo político. Escreveu romances históricos e de aventuras, ao estilo de Walter Scott, com o objetivo de conseguir uma literatura de caráter popular.